DRÁCULA

ANATOMÍA DEL HORROR

DRÁCULA
ANATOMÍA DEL HORROR

ALBERTO JIMÉNEZ GARCÍA

LIBSA

© 2026, Editorial LIBSA
C/ Puerto de Navacerrada, 88
28935 Móstoles. Madrid
Tel. (34) 91 657 25 80
e-mail: libsa@libsa.es
www.libsa.es

ISBN: 978-84-662-4481-7

Textos: Alberto Jiménez García
Ilustración: Shutterstock y
           Gettyimages / Archivo Libsa
Edición: María Mañeru
Maquetación: Alberto Jiménez García
Diseño de cubierta: Lucía Fernández Díez

FSC 100% Procedente de bosques sostenibles FSC® C200085
www.fsc.org

CRÉDITOS FOTOGRÁFICOS:
Achim Wagner / Shutterstock: pág. 138 (derecha)
Lee Celano / Gettyimages: pág. 66 (derecha)
Librería del Congreso de Estados Unidos: pág. 141
Lois GoBe/ Shutterstock: pág. 53
MilnerCreative / Shutterstock: pág. 120
Steve Estvanik / Shutterstock.com: pág 104 (arriba)

DL: M-10753-2025

Contenido

Introducción

AVISO A NAVEGANTES, viajen en el *Deméter* o en otros barcos menos tumultuosos: este no es un libro sobre vampiros. Aquí hemos venido a hablar de *Drácula*, la novela sobre el vampiro más famoso de la historia: exacto, el conde Drácula. Un personaje que trasciende al mito del vampiro y a su propio creador, el irlandés Bram Stoker; un escritor al que le comió –le canibalizó, sería lo oportuno– el resplandor de su criatura, algo que a menudo se dice de varios escritores, con cierto grado de condescendencia, como si fuera algo por lo que agachar la cabeza. Ni es la primera vez que pasa ni resulta un gran problema. Son muchos los escritores que firmarían –ay, firmaríamos– que les sucediera lo mismo. Un gran destello, una supernova, aunque su brillo se trague tu nombre: es mejor eso que las tinieblas apenas rasgadas por ocasionales rayos de luz. Todo el planeta conoce a Drácula… ¿cuántos de sus habitantes a Stoker? Seamos honestos: es la proporción la que resulta injusta. Cuando decimos *todo el planeta*, es *todo el planeta*. Puede que quede algún *pequeño salvaje* –en desiertos remotos, en selvas lejanas– por infectar. Y creer en ese concepto ya es más digno de una novela distópica que de nuestros tiempos.

En verdad, la figura del VAMPIRO es mayor que la de DRÁCULA por antigüedad y variedad. Más adelante veremos –muy por encima– que tipos de vampiros hay muchos y desde hace mucho tiempo. Por lo general, tienen dos cosas en común: nos chupan la sangre y lo suelen hacer de noche, el ambiente ideal para sus fechorías y para nuestras pesadillas.

El actor
Béla Lugosi,
caracterizado
como Drácula.

Y una tercera: son seres oscuros, feos —por dentro, por fuera—, unos no muertos que no se afanan por parecer otra cosa. El conde Drácula comparte las dos primeras a pies juntillas, pero la tercera condición la cumple a regañadientes. A menudo confundimos las características propias del Drácula de Stoker con las del vampiro *común*. Y Stoker creó a Drácula *ad hoc*: no vamos a decir que desde cero, porque se tomó muy en serio el proceso de investigación; pero muchas de las facultades que damos por descontadas en los vampiros son propias del Drácula de Stoker. Y luego su brillo —su oscuridad— se expandió al resto.

Vayamos a las notas de Stoker durante la escritura de su novela (que se extendió, aproximadamente, de 1890 a 1897). En ellas fue dejando pistas de lo que serían los «poderes» del conde.

- *No se refleja en los espejos.*
- *Ni come ni bebe.*
- *Gran fuerza física.*
- *Visión nocturna.*
- *Poder de hacerse más grande o más pequeño.*
- *Inmensamente rico en oro.*
- *Atraviesa la niebla como por instinto.*
- *Insensible a la música.*
- *Capacidad de generar pensamientos oscuros y de eliminar los buenos en quienes lo rodean.*
- *Mando sobre las ratas, los lobos.*
- *No se le puede fotografiar. El negativo revelado mostrará una sombra negra o un esqueleto.*
- *Los pintores no pueden retratarlo con fidelidad, acaban dibujando el retrato de otro.*
- *Le tienen que dar permiso para entrar.*
- *Un tallo de rosal salvaje sobre su ataúd le impide salir del mismo.*

No todos se aplican en la novela. No vemos al conde hacerse —especialmente— más grande o más pequeño, aunque sí tomar la forma de otros humanos, o convertirse en animales (un perro, un lobo, un murciélago); no sabemos bien qué es eso de «insensible a la música», si es que es in-

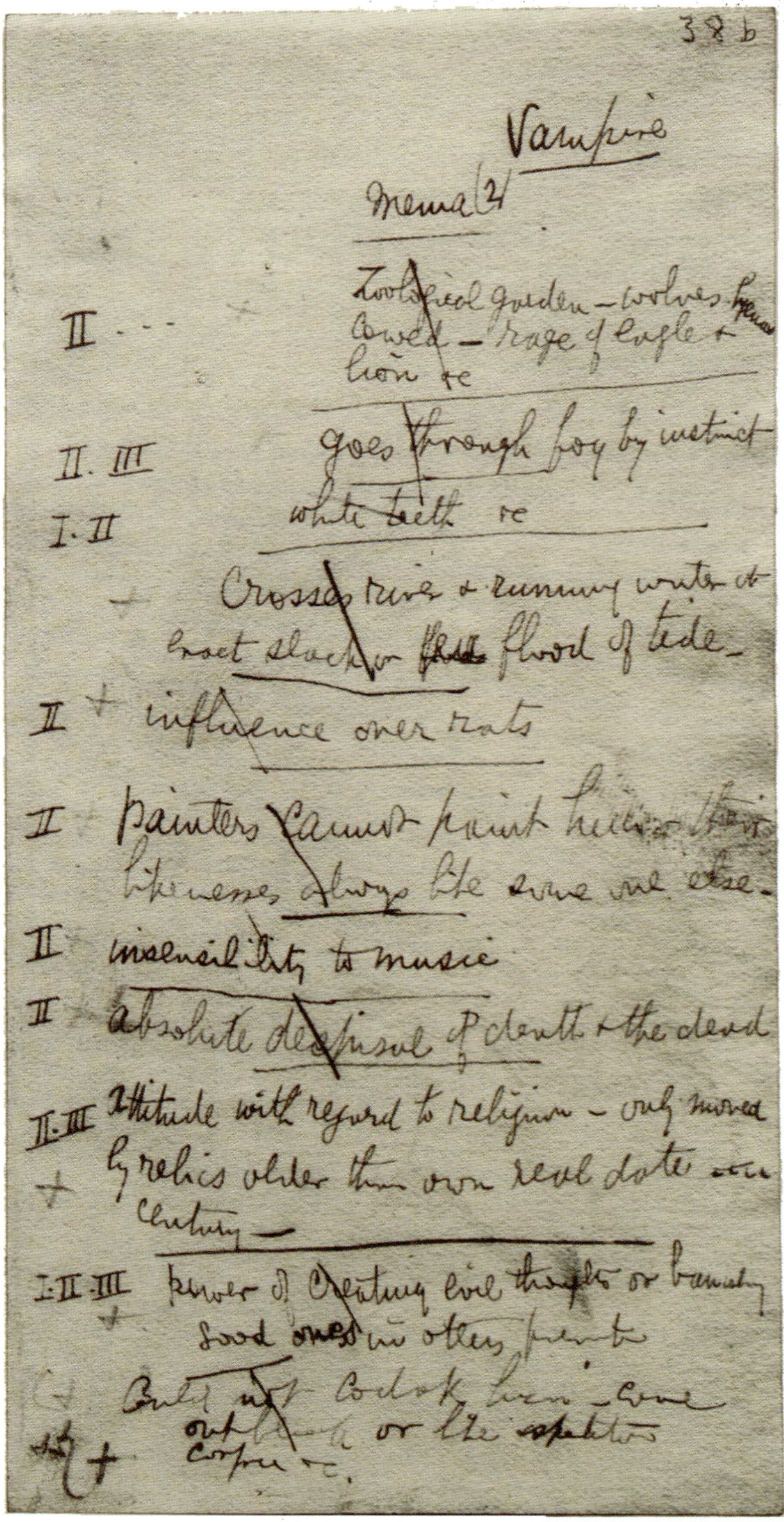

capaz de apreciar la emoción de los primeros acordes de la *5.ª Sinfonía de Beethoven* o si, simplemente, la música le entra por un oído y le sale por el otro; tampoco hay un pasaje que muestre esos problemas para ser retratado en pintura o fotografía, un *superpoder* por el que algunos pagarían en estos tiempos de redes sociales. En cualquier caso, sí apreciamos cómo Stoker va configurando la personalidad del conde gracias a esas notas, que guarda como la joya que son el Museo Biblioteca Rosenbach, en Filadelfia.

Otros poderes que, durante la lectura, le adivinamos al vampiro del escritor irlandés son:

- *Trepar y descender por muros verticales.*
- *Rejuvenecimiento según bebe más sangre.*
- *Generar tormentas y vientos a su antojo.*
- *Aparecer y desaparecer, entrar y salir, al menos en un entorno limitado.*
- *Crear otros vampiros cuando muerde a sus víctimas.*

Su dominio del inglés puede que no sea un poder fantástico, sino el resultado de muchas horas de estudio. No le quitemos mérito ni por viejo ni por diablo, ni por exceso de tiempo libre: otros monstruos más antiguos nunca tuvieron esas inquietudes, ese afán de superación.

—[...] Pero, ¡ay!, hasta ahora solo conozco su lengua a través de libros. A usted, mi amigo, ¿le parece que sé bien su idioma?

—Pero, señor conde —le dije—, ¡usted sabe y habla muy bien el inglés!

Hizo una grave reverencia.

—Le doy las gracias, mi amigo, por su demasiado optimista estimación; sin embargo, temo que me encuentro apenas comenzando el camino por el que voy a viajar. Verdad es que conozco la gramática y el vocabulario, pero todavía no me expreso con fluidez.

Bram
Stoker

Fresco del siglo XIII en la iglesia fortificada de Darjiu (en Hungría, llamada Szekelyderzs), en Transilvania, que cuenta la historia de los sículos.

Stoker también le da al vampiro un pasado aristocrático y real (*real de realidad*, que existió). El conde Drácula NO se basa en la figura del voivoda valaco Vlad Drăculea, pero toma de él su sonoro sobrenombre y parte de su rancio abolengo. El conde se muestra orgulloso de sus orígenes ancestrales: es un sículo (*szekely*, en húngaro, *escequelio* o *szekler* según la traducción) de los que ya no quedan, un guardián de Europa frente a la amenaza turca. Drăculea era valaco, no sículo, y eso sin duda lo sabía Stoker, quien toma del pasado histórico lo que le interesa y bien se guarda de que su criatura inmunda pueda ser identificado por completo con un solo personaje.

> *Nosotros los sículos tenemos derecho a estar orgullosos, pues por nuestras venas circula la sangre de muchas razas bravías que pelearon como pelean los leones por su señorío [...]. Más todavía, cuando, después de la batalla de Mohács, nos sacudimos el yugo húngaro, nosotros los de sangre Drácula estábamos entre sus dirigentes, pues nuestro espíritu no podía soportar que no fuésemos libres. Ah, joven amigo, los sículos (y los Drácula como su sangre, su corazón, su cerebro y sus espadas) pueden enorgullecerse de una tradición que los intrusos como los Habsburgo y los Romanov nunca han podido alcanzar. Los días de guerra ya terminaron. La sangre es una cosa demasiado preciosa en estos días de paz deshonrosa.*

Se jacta Drácula de su alcurnia cuando podría hacerlo de su sabiduría. El profesor Van Helsing (a la postre, el principal responsable de su muerte) investiga y afirma que, además (y antes) de vampiro, Drácula fue todo un ilustrado:

> *Fue, en vida [...] soldado, estadista y alquimista... cuyos conocimientos se encontraban entre los más desarrollados de su época. Poseía una mente poderosa, conocimientos incomparables y un corazón que no conocía el temor ni el remordimiento. Se permitió incluso asistir a la Escolomancia, y no hubo ninguna rama del saber de su tiempo que no hubiera ensayado.*

LA ESCOLOMANCIA

Esta era una legendaria escuela de magia negra en Transilvania, dirigida por el mismo Diablo (dicen los relatos folclóricos rumanos). Estaba construida bajo tierra y el maléfico director reclutaba a diez alumnos (los *Solomonari*) que pasaban siete años en las profundidades, sin ver la luz solar (¡qué suerte tuviste, Harry Potter!). Allí aprendían a lanzar hechizos mágicos, a montar dragones voladores, a controlar la lluvia, los secretos de la naturaleza y... el lenguaje de todos los animales. ¿Aprendió entonces allí Drácula el inglés?

Las debilidades de Drácula

Como cualquiera de nosotros, el conde también las tiene. Por ese lado, es un monstruo bastante *humano*: quizá por eso lleva con nosotros tanto tiempo. Nuestras debilidades nos definen tanto, o más, que nuestras fortalezas, y proporcionan un saliente al que asirse, algo reconocible, que tiene pregnancia. La perfección aleja; lo impoluto, lo aséptico, no sirve sino para contemplarlo un rato y después se va a otra cosa. Como Drácula no es perfecto en su maldad, nos quedamos con él, nos acongoja pero también nos ofrece esperanzas de salvación. Y todo esto pueden parecer palabras hueras, pero sus debilidades son bien mundanas. A saber:

☞ *Los ajos.*
☞ *El agua bendita.*
☞ *Los crucifijos.*
☞ *Las hostias consagradas.*
☞ *Una rama de rosal silvestre sobre su ataúd.*
☞ *La luz solar intensa.*

La verdad, ahí se ven cosas de lo más socorrido, no hace falta ser millonario para poseerlas, no escasean como la kriptonita y se pueden llevar encima. Mejor si eres católico, claro, algunas las tendrás más a mano; pero los ajos abundan y, en contra del tópico, no huelen tan mal. Lo de la rama de rosal silvestre es algo poco conocido, pero se indica en la novela un par de veces. Palabra, nada menos, que de Abraham Van Helsing:

> *Además, hay cosas que lo afectan de tal forma que pierde su poder, como los ajos, que ya conocemos, y las cosas sagradas, como este símbolo, mi crucifijo, que estaba entre nosotros incluso ahora, cuando hicimos nuestra resolución; para él todas esas cosas no son nada; pero toma su lugar a distancia y guarda silencio, con respeto. Existen otras cosas también, de las que voy a hablarles, por si en nuestra investigación las necesitamos. La rama de rosal silvestre que se coloca sobre su féretro le impide salir de él; una bala consagrada disparada al interior de su ataúd, lo mata, de tal forma que queda verdaderamente muerto; en cuanto a atravesarlo con una estaca de madera o a cortarle la cabeza, eso lo hace reposar para siempre.*

Esto entronca con lo de acabar con el vampiro, con que deje de serlo; porque morir ya murió –pese a ser un no muerto–, pero volvió a la vida, o junto a los vivos, al menos. En la novela, Van Helsing da esas instrucciones, y no se dice nada de exponerlo a la luz de sol. Eso fue algo que popularizó el *Nosferatu* (1922) del director F. W. Murnau y que luego se ha extendido. Nada que objetar, no hay nadie que pueda corroborarlo ni refutarlo, pero en *Drácula* el conde pasea de día –quizá ya atardeciese, no se detalla– por pleno Londres. Y Drácula no acabará, precisamente, de ese modo. ¿Quizás se guardaba Stoker una bala (¡!) para resucitarlo en una segunda parte?

Si no le dio tiempo a él, otros tomaron la iniciativa.

Los Dráculas posteriores

Este libro no existe exclusivamente por el *Drácula* de Stoker, sino por lo que vino detrás de él. Fueron el cine y el teatro, en este orden, los que empujaron a la eternidad –¿alguien se imagina un futuro sin Drácula si pervive la humanidad?– al vampiro. Lo veremos con mayor detalle más adelante; pero merece la pena notar que, *técnicamente*, sí que se puede decir que Drácula ha tenido una secuela. En 2009, el canadiense Dacre Stoker escribió *Drácula, el no muerto*. Un guiño a Stoker, ya que el título, en principio, de la novela original iba a ser *The Un-Dead* («el no muerto»). La coincidencia en el apellido no resulta casual: es el sobrino bisnieto de Bram Stoker, y forma parte de la actual gestión del legado del escritor irlandés. Como tal, se adjudicó el derecho de utilizar directamente los personajes originales y darles una continuación en 1912. Incluso esta novela se permite señalar las inconsistencias del original –porque las hay– e incluir en ella, como personaje, al propio Stoker.

Otra novela que ha tenido una gran repercusión en los últimos años es *Anno Dracula* (1992), de Kim Newman, la primera de lo que luego se ha convertido en una saga de cuatro novelas en total. Su triunfo ha

EL PREMIO BRAM STOKER

La Asociación de Escritores de Horror (HWA, por sus iniciales en inglés) es una organización mundial sin ánimo de lucro, formada por escritores y profesionales del sector editorial, cuyo objetivo es promover los intereses de los escritores de terror y fantasía oscura. Se creó en 1985 y desde 1987, entrega el premio Bram Stoker, en recuerdo del novelista irlandés. Consta de 13 categorías (novela, primera novela, novela gráfica...) y no se entregan tanto como un reconocimiento competitivo a «lo mejor del año» como a autores destacados por logros durante su carrera.

Estatuilla del premio Bram Stoker.

sido mezclar a Drácula con otros personajes —literarios o reales— en una ucronía (una historia alternativa en la que un suceso cambia el rumbo del mundo, que transcurrirá de forma diferente a lo que conocemos) en la que el conde Drácula se ha casado con la reina Victoria; como príncipe consorte, consigue que la sociedad tolere el vampirismo, y que incluso muchos humanos soliciten convertirse en vampiros. Un pastiche exitoso que incluye una retahíla de nombres famosos de la época (Sherlock Holmes, Jack el Destripador, Fu Manchú...). Precisamente, Drácula, tras Sherlock Holmes, es el personaje de ficción que en más ocasiones ha representado el cine.

También queremos recordar aquí la figura del estadounidense David J. Skal, autor de una extraordinaria crónica de cómo la novela *Drácula* dio paso al mito de Drácula (*Hollywood gótico*, 1990), sin cuyo aporte no conoceríamos bien ese cambio vital, artífice también de la no menos reseñable *Algo en la sangre: la biografía secreta de Bram Stoker* (2016), quien pocos meses antes de escribirse este libro fue salvajemente atropellado por un vampiro... que había bebido demasiado alcohol.

Drácula, la novela vampírica por excelencia

El cómo-se-hizo de una obra universal

El conde Drácula es uno de los personajes de ficción más conocidos en todo el planeta. Es algo que damos por descontado, pero se desconoce que Drácula fue, en el momento de su publicación, una novela casi ignorada. El tiempo —en realidad, el teatro y el cine— la elevaron a un lugar de privilegio literario y, sobre todo, popular. Conozcamos cómo Bram Stoker, un hombre dedicado (casi) en cuerpo y alma a gestionar el teatro del actor más famoso de su tiempo, logró componer una obra que cambió los sueños nocturnos de varias generaciones.

«HE CRUZADO OCÉANOS de tiempo para encontrarte». Esta frase nunca la escribió Bram Stoker, al menos en *Drácula*. Como delicado hombre de letras, quizá se la dedicase a su mujer, Florence Balcombe; pero vivían cerca, se conocieron jóvenes y su matrimonio no era de los que echaban chispas, ni por exceso ni por defecto. Sin embargo, no hay que ser muy bibliófilo (ni muy cinéfilo) para que nos suene a *Drácula*. La escribió James V. Hart para la película de Francis Ford Coppola *Drácula de Bram Stoker* (1992). Un siglo las separa y, sin embargo, observan lazos de sangre. La novela gótica de Stoker ha cruzado el tiempo, el espacio, las diferencias culturales, las renovaciones tecnológicas: ha podido con todo, y se prevé que vaya a seguir haciéndolo. Lo que hemos traído aquí a colación es solo un ejemplo de las muchas ramificaciones que esta novela de la época victoriana generó. Lo llaman inmortalidad.

Primera edición de *Drácula*, en 1897.

No pude descubrir ningún mapa ni obra que arrojara luz sobre la exacta localización del castillo de Drácula, pues no hay mapas en este país que se puedan comparar en exactitud con los nuestros; pero descubrí que Bistritz, el pueblo de posta mencionado por el conde Drácula, era un lugar bastante conocido. Voy a incluir aquí algunas de mis notas, pues pueden refrescarme la memoria cuando le relate mis viajes a Mina.

En la población de Transilvania hay cuatro nacionalidades distintas: sajones en el sur, y mezclados con ellos los valacos, que son descendientes de los dacios; magiares en el oeste, y escequelios en el este y el norte. Voy entre estos últimos, que aseguran ser descendientes de Atila y los hunos. Esto puede ser cierto, puesto que cuando los magiares conquistaron el país, en el siglo XI, encontraron a los hunos, que ya se habían establecido en él. Leo que todas las supersticiones conocidas en el mundo están reunidas en la herradura de los Cárpatos, como si fuese el centro de alguna especie de remolino imaginativo; si es así, mi estancia puede ser muy interesante.

Este es uno de los párrafos (del diario de Jonathan Harker) que abren la novela de Stoker, publicada en Londres el 26 de mayo de 1897 por la editorial Constable & Co. Una, por cierto, con buen ojo, pues también publicó varias novelas de sir Walter Scott –autor de *Ivanhoe* (1820) y considerado el padre de la novela histórica– y que pervive en la actualidad, como parte de un conglomerado editorial. Los estudiosos se afanan en encontrar las fuentes donde bebió Stoker, y en el cómo y en el cuándo. Como casi toda obra de arte, sus orígenes son variados y difusos. El hecho de que, en el momento de su publicación, Stoker distase de ser un autor muy popular –sumado a que, mientras vivió, el escritor no gozase de especial atención–, contribuye a nuestra actual ignorancia. Aunque tampoco vivimos en las tinieblas –como otros que por aquí habitan–: existen teorías, y algo más que eso.

Los posibles orígenes

Pues sí, carecemos de una entrevista en un semanario literario de la época, en la que se le pregunte todo lo que quisieron saber sobre *Drácula* pero nunca se atrevieron a preguntar. Sabemos que, en el momento de su muerte, Stoker fue recordado como el hombre de confianza de *sir*

Building the 'Great Leviathan (c. 1858), pintura de William Samuel Parrott que muestra una panorámica de Londres y el Támesis de mediados del siglo XIX.

Henry Irving, y poco menos que su biógrafo. Sin embargo, sí que tenemos algo importante: las notas que tomó para la creación de la novela.

Los caprichos de las pequeñas (o grandes) cosas de la literatura quisieron que en 1970, tras décadas desaparecidas, estas notas volvieran a salir a la luz en Filadelfia (Estados Unidos). Al parecer, Florence, la viuda de Stoker y su albacea literaria, las había vendido en 1913 a un librero de Nueva York. Un pequeño dinero se sacó: hoy valen un ojo de la cara, o varios colmillos de platino de unas cuantas dentaduras. La editorial Scribner las tuvo un tanto perdidas hasta que el Museo Biblioteca Rosenbach las rescató. Allí se guardan, junto con originales de otros escritores (y contemporáneos de Stoker) como Oscar Wilde, James Joyce, Lewis Carroll o Joseph Conrad. Hasta entonces se creía que *Drácula* había sido escrita entre 1895 y 1897. Y es cierto, en su mayoría; pero también se observó que la primera nota la tomó el 8 de marzo de 1890, en un hotel Filadelfia —Stoker viajaba mucho debido a las giras mundiales de Irving— para un esquema de un capítulo. La idea le rondaba desde entonces, pero no se puso seriamente a ello hasta cinco años después.

En esas notas se dejan huellas del proceso de escritura: Stoker siempre tuvo claro que el protagonista (que no narrador) iba a ser un «con-

Notas manuscritas de Bram Stoker para *Drácula*.

de». Lo de Drácula llegó después, ya que en un principio su nombre era Wampyr, de Estiria (como Carmilla, la exitosa vampira creada por Sheridan Le Fanu); el hoy célebre profesor Van Helsing, cazador de vampiros holandés, era en origen un profesor alemán llamado Max Windshoeffel… Todo cambió, fue evolucionando: es lo que tiene la escritura de un libro, que es algo orgánico, vivo. Lo que pudo ser no es, tan solo porque un día el autor se cruzó con alguien que le dijo algo, o escuchó sin pretenderlo un comentario, o leyó un libro que alguien le recomendó. A los escritores no les suele gustar demasiado hablar de las costuras de sus libros, del *cómo se hizo*. En buena medida es porque los lectores lo reciben como un todo inamovible («esto es así y no puede haber sido de otra forma»), pero solo ellos saben la multitud de caminos desechados.

Con la lectura de esas notas, se cree que Stoker se encontró con el nombre de Vlad Drăculea en una biblioteca pública de Whitby (ciudad costera del norte de Inglaterra), donde solía veranear con su familia. De hecho, esa ciudad ocupa parte de la novela: es donde encalla la goleta rusa a la deriva que porta, desde Transilvania y el mar Negro, el ataúd del conde. Un barco, el *Deméter*, en el que no queda nadie vivo y del

Vista de Whitby y su costa desde el cementerio. A la izquierda, iglesia de Santa María.

que solo se ve salir un enorme perro negro en dirección al cementerio... Claro, durante ese verano también encalló entre las rocas de la costa un barco ruso (el *Dmitri*, Stoker no se complicó): aquí es el arte, Oscar Wilde, quien imita a la vida. Hoy diríamos que todo es reciclable. También en Whitby, Stoker consolida la idea de cambiarle la dirección postal a Drácula, de Estiria a Transilvania: al menos, todo quedaba en el Imperio austrohúngaro, una prebenda de aquella época.

Otros apuestan (en concreto, Harry Ludman, el primer biógrafo de Stoker, ya en 1962) por que fue Ármin Vámbéry, un profesor de la universidad de Budapest quien proporcionó a Stoker información sobre Vlad Drăculea. En estas notas también se mencionan libros que Stoker consultó en diferentes bibliotecas (como el citado *Account of the Principalities of Wallachia and Moldavia with Political Observations Rela-*

tive to Them (1820), del inglés William Wilkinson). Tanto es así, que algunos historiadores han revisado esos libros originales de más de un siglo de antigüedad... ¡y han encontrado anotaciones manuscritas del mismísimo Stoker! Que fueran a lápiz no disculpan a nuestro apreciado pero poco cuidadoso Bram.

En fin: como dice el novelista israelí Amos Oz en su autobiografía *Una historia de amor y oscuridad* (2002) eso son cosas del «lector cotilla» (o de historiadores, *cotillas* con causa y justificación). El buen lector –y nosotros intentaremos serlo– prefiere hincarle el diente (¡!) al corazón del asunto.

El porqué de la novela

¿Por qué escribió Bram Stoker *Drácula*? En primer lugar, porque era un hombre de letras, culto y con imaginación. Es decir, tenía capacidades, *podía y quería*. Su madre, Charlotte Thornley (de soltera), publicó tres libros sobre cuestiones sociales y de pequeño le contaba multitud de historias sobrenaturales propias del folclore irlandés. Estupendo: Stoker contaba con una buena base y con un modelo con quien identificarse, eso de escribir le venía en su educación. Desde su asociación con Henry Irving se movía en un ambiente culto e intelectual; entre sus amistades se contaban escritores de fama y prestigio. Por otro lado, la preeminencia de la novela gótica durante aquella época hacía muy apetecible sumarse al género de moda. Conocía en persona a Sheridan Le Fanu, de quien admiraba su *Carmilla*. La Inglaterra victoriana ponía el toque mojigato necesario para que cualquier insinuación sexual fuera a causar cierto impacto.

❖

Drácula no fue ni un éxito de ventas, ni una novela ignorada. Se vendió poco a poco, sin estridencias. Lo suyo fue una carrera de fondo, que se disparó tras el fulgurante éxito de las representaciones teatrales.

A todo eso se le sumaba algo que, antes y ahora, resultaba no poco estimulante: el dinero. Hall Caine, su increíblemente famoso amigo escritor –del que hoy apenas se acuerda nadie, cosas de las modas– escribió en el obituario que le dedicó en *The Daily Telegraph* que Stoker escribía «solo para vender […] sin mayores objetivos». ¡Bien hecho, Bram! Esperamos que no hubiera cierta condescendencia en manos de su otrora popular colega. Escribir y que te paguen por ello, cuanto más mejor, es una sana costumbre, que mejora el colesterol y otros marcadores sanguíneos. A Stoker le encantaba escribir, lo hacía bien y veía complementado su sueldo –generoso mientras fueron bien las cosas– de gerente del teatro Lyceum con sus historias. *Drácula* fue su séptima novela; había debutado en 1875 con *The Primrose Path*. No era un superventas, no se le pasaba por la cabeza entrar en la historia. ¿Quizá alguno de esos autores actuales a los que se mira con condescendencia haya escrito un clásico del futuro y no nos hayamos dado aún cuenta? Stoker creó *Drácula* porque le gustaba escribir y tenía una buena idea que creía que podía vender. Autorrealización, entretenimiento, dinero: ¿quién da más?

Recepción de la novela

Su madre, Charlotte, sí que creía que esa nueva novela traería fama y dinero, en grandes proporciones, a su hijo. Pero recordemos ahora que las madres no suelen resultar las más fiables jueces de sus descendientes, al menos en lo literario (descartando, claro, a la de John Kennedy Toole y *La conjura de los necios*; esa es otra historia). Stoker siguió siendo la mano derecha de Irving y el dinero que le llegó le dio para permitirse mejores habitaciones en sus vacaciones en Whitby, o para clases de refuerzo para su hijo, Irving Noel. Algo así. Y es probable que eso le resultase suficiente en la relación tiempo dedicado/placer de escribir/resultados, puesto que siguió creando —otras siete novelas más, colecciones de relatos y obras de no ficción— casi hasta la fecha de su muerte.

A Stoker le quedó el consuelo de que su novela fue recibida, si no con entusiasmo, sí con cierto respeto. Hubo bastantes más pulgares hacia arriba que hacia abajo, aunque por lo general poco vehementes. Posiblemente, si hubiera sido un autor más popular le habrían caído más parabienes, comentarios del estilo de «Stoker reinventa la novela góti-

ca... destinada a convertirse en un clásico moderno», como los que se multiplican en las contraportadas de nuestros libros actuales. Pero no. Hubo quien lo aclamó como «el Edgar Allan Poe de nuestra década» o quienes ensalzaron el hálito de terror que sobrevolaba en la novela. Quizá demasiado truculenta, dejaban caer algunos, a los que mezclar vampiros con manicomios y «apetitos antinaturales» les resultaba muy intenso, un subrayado innecesario. Sorprendió, eso sí, que a diferencia de la mayoría de las novelas góticas, esta se ambientase en el presente. Y no solo eso: el horror transcurría no en lugares remotos y exóticos –o no únicamente–, sino que se acercaba hasta el corazón de la metrópolis, en pleno Londres. El señor Stoker tuvo la osadía de resultar muy explícito, de acercar demasiado el horror, en el tiempo y en espacio. De hecho, en su momento a Stoker se le solía encuadrar dentro de la *ficción sensacionalista,* una etiqueta que englobaba las novelas que describían sucesos escandalosos (como asesinatos, robos, falsificaciones o adulterios) que ocurrían en entornos explícitamente domésticos.

Un grabado que representaba a la Nueva Mujer, independiente y deportista.

Interpretaciones

Puesto que *Drácula* fue aumentando su popularidad según transcurrían las décadas, a la par han surgido los estudios que han pretendido ver más allá, interpretar, *psicoanalizar* la obra. En todos ellos, subyace el sentimiento común de que Drácula es un monstruo, sí, pero con debilidades y padecimientos humanos. ¿Qué provoca esto? Que los lectores nos podamos identificar –aunque sea en parte– con él: por eso nos sigue atrapando.

Hay una serie de interpretaciones que conviene agrupar y señalar:

- *DRÁCULA* Y LA INMIGRACIÓN. Se ha visto la novela como una respuesta al miedo que existía a que los no blancos invadiesen Inglaterra y debilitasen su «pureza racial». Entre 1881 y 1900, el número de judíos que vivían en Inglaterra se había multiplicado por seis a causa de los pogromos y de las leyes antisemitas en otros países europeos, en general del este de Europa. De hecho, la *literatura de invasión* es un subgénero literario propio que floreció entre 1871 y la Primera Guerra Mundial. Se cree que, de manera consciente o inconsciente, *Drácula* forma parte de ella. El *caso Dreyfus* se desarrolló en paralelo a la escritura de la obra.

- *DRÁCULA* Y LA NUEVA MUJER. En la última década del siglo XIX aparecía el concepto de Nueva Mujer. Un temprano ideal feminista que empezaba a proclamar la independencia de la mujer respecto a la del hombre, bajo cuyo grueso manto protector (o amenazante) vivía hasta entonces. Las dos mujeres con relevancia en *Drácula* representan ese sentir. Lucy Westenra es la mujer capaz de buscar una libertad sexual, mientras que Mina Harker es capaz de trabajar por su cuenta, salvar a su marido y enfrentarse con valentía al monstruo.

- DRÁCULA Y LA SANGRE. Durante la época victoriana comenzaron a aplicarse las primeras transfusiones de sangre con cierta base científica (aunque el descubrimiento de los grupos sanguíneos no llegó hasta 1900). Era un acto médico para causas desesperadas, cuando parecía que nada más podría salvar la vida del paciente. El conde Drácula y sus necesidades alimenticias reflejarían ese miedo ante el elevado riesgo.

—¡Dios mío! —dijo él—. ¡Esto es terrible! No hay tiempo que perder. Se morirá por falta de sangre para mantener activa la función del corazón. Debemos hacer inmediatamente una transfusión de sangre. ¿Usted, o yo?

—Maestro, yo soy más joven y más fuerte; debo ser yo.

—Entonces, prepárese al momento. Yo traeré mi maletín. Ya estoy preparado.

(Diario del doctor Seward)

Estilo y técnica

Stoker concibió *Drácula* como una suma de varias voces: como una novela epistolar y en primera persona, en definitiva. No es que quisiera resultar moderno o rompedor. En absoluto. De hecho, la novela gótica del siglo XIX se caracterizaba por buscar ese *efecto de realidad* –término creado por el semiólogo francés Roland Barthes (1915-1980)– a través de esa técnica y otras similares. La narrativa gótica, consciente de que

Primera edición de *Drácula* en Estados Unidos.

DRACULA

BRAM·STOKER

su propia esencia «sensacionalista» la llevaba a contar historias poco verosímiles, echaba mano de cartas, relatos dentro de relatos, diarios personales o antiguos manuscritos descubiertos. El siglo XIX fue especialmente rico en la aparición de ejemplos de literatura de viaje (cosas del rampante colonialismo) y las primeras páginas del diario de Jonathan Harker, en su paso por Transilvania, tienen ese aroma.

Como dispuse de algún tiempo libre cuando estuve en Londres, visité el British Museum y estudié los libros y mapas de la biblioteca que se referían a Transilvania; se me había ocurrido que un previo conocimiento del país siempre sería de utilidad e importancia para tratar con un noble de la región. Descubrí que el distrito que él me había mencionado se encontraba en el extremo oriental del país, en la frontera de tres estados: Transilvania, Moldavia y Bucovina, en el centro de los montes Cárpatos; una de las partes más salvajes y menos conocidas de Europa. No pude descubrir ningún mapa ni obra que arrojara luz sobre la exacta localización del castillo de Drácula, pues no hay mapas en este país comparables en exactitud con los nuestros.

En *Drácula* todos los personajes que escriben sus cartas o diarios gozan de su propia voz narrativa: el doctor Van Helsing, cargado de extranjerismos; la joven Lucy Westenra, verborreica y sensual; el doctor Seward, conciso y descriptivo, como buen médico; Jonathan Harker, demasiado circunspecto, formal en exceso; Mina Murray, su prometida, sensata a la vez que decidida; Quincey Morris, aventurero e impetuoso. Todos ellos –aunque no solo ellos– *escriben* la novela y describen al conde Drácula. Este, por cierto, no genera ningún texto autógrafo. Se limita a producir horror por la pluma de otros.

⸻ ❖ ⸻

El conde Drácula es un ser horrendo, pero que sufre. Al presentarlo así, Stoker consiguió «humanizarlo». Es parte de su encanto, porque lo tiene: la seducción del mal y de sus angustias.

Una novela para la eternidad

No debemos contar mucho más acerca de la novela. Son afortunados los futuros lectores que no la han leído aún. Hacerlo por primera vez sigue siendo una actividad gozosa. Es probable que ya no nos genere el horror que suscitaba a los lectores de finales de siglo XIX y principios del XX. Tenemos demasiados telediarios a cuestas para ello, demasiadas sobremesas tintadas de rojo por las guerras, por los asesinatos más gratuitos y truculentos perpetrados por los Dráculas sí vivos, en color y altísima definición. Que hemos perdido la capacidad de sorprendernos por el mal ya lo sabíamos; si acaso nos estremecemos cuando vemos agotarse la batería del móvil y no hay enchufe cerca. Esa es nuestra sangre, más aséptica. Sin embargo, no hay necesidad de temblar con *Drácula* para que debamos seguir leyéndola.

Londres, en una fotografía coloreada de finales del siglo XIX.

Cuando el conde se inclinó hacia mí y una de sus manos me tocó, no pude reprimir un escalofrío. Pudo haber sido su aliento, que era fétido, pero lo cierto es que una terrible sensación de náusea se apoderó de mí, la cual, a pesar del esfuerzo que hice, no pude reprimir. Evidentemente, el conde, notándola, se retiró, y con una sonrisa un tanto lúgubre, que mostró más que hasta entonces sus protuberantes dientes, se sentó otra vez en su propio lado frente a la chimenea. Los dos permanecimos silenciosos unos instantes, y cuando miró hacia la ventana vi los primeros débiles fulgores de la aurora, que se acercaba. Una extraña quietud parecía envolverlo todo; pero al escuchar más atentamente, pude oír, como si proviniera del valle situado más abajo, el aullido de muchos lobos.

(Diario de Jonathan Harker)

El libro refleja ansiedades características de finales del siglo XIX, como el sentimiento de decadencia del Imperio británico, de civilización en crisis. Es un libro de terror gótico, pero tiene otras lecturas, seguro que más de las que pretendiera Stoker: con ellas ha cruzado «océanos de tiempo» hasta llegar hasta el siglo XXI (y lo que le espera). Que un extranjero (Drácula en Whitby y Londres era eso) llegase a Inglaterra a poseer mujeres y mezclar su sangre –o lo que fuera– eslava con la británica, es un trasunto del horror a la colonización inversa. ¿Le iba a suceder al Imperio británico lo mismo que ellos habían hecho con las colonias?

Se dice –echando mano de los datos– que *Drácula* sigue siendo reimpresa a un ritmo casi comparable al de la Biblia, algo que haría removerse –de gusto– al mismísimo conde en su tumba. Sucede así por su calidad literaria y porque –gracias al cine, no hay que olvidarlo– el personaje ya es patrimonio inmaterial de la humanidad. La UNESCO aún no lo ha determinado así, pero démosles tiempo. Está a la altura de los Quijotes y Ulises que nos ha dado la historia de la literatura. Incluso hay quien –en un paradójico efecto perverso del éxito– conoce a Drácula, ignorando la existencia de *Drácula*. Un personaje que trasciende a su novela.

Bram Stoker, el

El escritor irlandés que creó un mito universal

Su personaje más célebre, el conde Drácula, es hoy reconocido de inmediato en cualquier lugar del mundo. Sin embargo, este escritor no tuvo mucho reconocimiento en vida, al menos por esta obra. En su tiempo, él fue la mano derecha del actor Henry Irving, la estrella número uno del teatro británico. La fama, y el dinero, le llegaron de manera póstuma.

«ALGUNOS TIENEN MÁS suerte que otros hasta para morir», reza un dicho. Ciertas personas ven *reconocida* su muerte por los medios, obtienen una mayor repercusión popular y son ensalzados por sus actos en vida: fue un gran hombre, fue una gran mujer, descanse en paz. Acorde a esto, Bram Stoker careció de esa suerte. Apenas cinco días antes de morir, el 20 de abril de 1912, el célebre transatlántico RMS *Titanic* se hundió en las aguas frías, oscuras e inhóspitas para mamíferos bípedos del Atlántico norte, a unos 600 km de Terranova. Con los cadáveres de los 1496 pasajeros aún calientes –o fríos, claro– la muerte de un escritor de cierto éxito –sí, pero más ahora que entonces– no podía competir con los testimonios desgarradores de los supervivientes, con los obituarios de los ricos prebostes fallecidos, ni con las turbias historias de los cuerpos rescatados del mar en los barcos que fueron a buscarlos los días siguien-

Ilustración de 1912 del choque del *Titanic* con un iceberg.

padre del conde

tes, y que tuvieron que devolverlos al mar debido a su avanzado estado de descomposición. Los vampiros del mar darían cuenta de ellos.

Aquella conmoción mundial dejó empequeñecida la esquela del irlandés. Stoker murió de verdad, no como otros (sin mirar a nadie que no se refleje en un espejo). El periódico londinense *The Times* le dedicó un escueto obituario allá en la página 15, haciendo referencia, principalmente, a su eficaz papel como representante de *sir* Henry Irving, el actor más famoso de su época (y el primero en obtener el título de *sir*). Se destaca su obra *Reminiscencias personales de Henry Irving*, un libro en dos volúmenes sobre el célebre artista, una especie de biografía. Y sí, claro, afirman que fue escritor de literatura fantástica, y se citan algunas de sus obras, ocho de ellas, en concreto. La quinta, *Drácula*. Y ni una palabra más. Los días de vino y rosas que pudo haberle procurado su conde nunca le llegaron. No, no tuvo suerte al morir.

Infancia y juventud

Tampoco, en aquella primavera húmeda de 1912, Stoker estaba en un momento álgido de su vida. Su economía iba mal y su salud, peor. En su certificado de defunción se definía la causa de su muerte como «ataraxia locomotora de seis meses», una referencia velada a la sífilis, enfermedad de transmi-

Señor Irving, aquí un admirador, un esclavo, un amigo, un siervo…

Henry Irving promovió la adulación entre su círculo. Stoker fue uno de los más lisonjeros, aunque parece que lo era de corazón. También hay quien ve en la altiva figura de Irving rasgos del conde Drácula.

La célebre y hermosa biblioteca del Trinity College de Dublín, donde Stoker pasó muchas horas.

sión sexual. Las malas lenguas dicen que pudo haber sido contraída años antes en sus andanzas por los bajos fondos londinenses junto con Irving. Las malas lenguas hablan mucho, eso no ha cambiado.

Su nacimiento fue más ortodoxo (aunque en familia protestante). Nació el 8 de noviembre de 1847 en Clontarf, por entonces un popular centro turístico en las afueras de Dublín, Irlanda. Fue el tercero de siete hijos y lo bautizaron como Abraham, el nombre de su padre; quizá por eso se quedó con el diminutivo Bram, con el que hizo carrera. Fue un niño enfermizo y pasó gran parte de sus primeros siete años confinado en cama; solía perder sangre y se dudaba que pudiera sobrevivir. Lo hizo, y no necesitó chupar la sangre de nadie para recuperar la salud (otra indirecta a ustedes, los vampiros).

En esos años de enfermedad, reclusión y hambre (recordemos la gran hambruna irlandesa que vació la isla), escuchaba las historias de su madre sobre leyendas irlandesas, esas plagadas de seres oscuros en connivencia con la naturaleza, en las que lo sobrenatural se mezclaba con lo real. Toda una inspiración para lo que habría de venir.

Patio del Trinity College de Dublín, donde estudió Bram Stoker.

A la derecha, fotografía de Florence Balcombe, la esposa de Bram Stoker. A la izquierda, retrato que le hizo Oscar Wilde cuando salían juntos.

Para su fortuna –y la nuestra, aunque también de algunas de nuestras pesadillas– sobrevivió, y no solo eso: se convirtió en un joven fuerte y deportista, y participó en varias competiciones atléticas. Se licenció en Artes (1864-1870) en el prestigioso Trinity College de Dublín. A aquel muchacho, en cualquier caso, lo que más le gustaba era escribir.

El despegue

También amaba el teatro. Podemos imaginarlo como el equivalente a algunos de nuestros adolescentes amantes del cine, que alargan sus ahorros y buscan salas para saciar su sed de ficción. Deportista, cultivado: un buen mozo. Stoker veía obra tras obra y sentía que su talento para expresarse estaría bien empleado haciendo una crítica de las mismas. Se ofreció para escribir –gratis– en el diario vespertino *Dublin Evening Mail* (copropiedad, ironías del destino, del escritor Sheridan Le Fanu, uno de los autores más famosos de novelas góticas de terror). Le aceptaron, y el joven se defendía bien. Mejor que eso: era bastante bueno y llamó la atención del citado Henry Irving, ya por entonces (1876) una celebridad nacional. Fue tras una actuación suya en *Hamlet*, en el Teatro Real dublinés; quedó impresionado por aquella crítica perspicaz e imparcial y mandó invitar al plumilla que firmaba esa crítica a cenar en el hotel donde se alojaba. Se hicieron amigos y, un par de años después,

Bram aceptó la invitación de Irving para unirse a él en Londres como gerente comercial del teatro que regentaba, el Lyceum. Ya se sabe: para que *pasen* cosas, hay que *hacer* cosas. Tampoco en eso han cambiado los tiempos.

Pues sí: Stoker deja su cargo de inspector de tribunales de primera instancia en Dublín por la *farándula* de Londres. Antes de partir hacia la capital británica, Bram se casó con Florence Anne Lemon Balcombe, una de las mujeres más hermosas de Dublín, con quien tuvo un hijo, Irving Noel (sí, le puso el apellido de su jefe... un poco pelota, ¿no?), en 1879. Florence había sido pretendida poco antes por Oscar Wilde —con el tiempo, juzgado por homosexual—, quien a la vez era conocido de Stoker. En la actualidad hay quien pretende discutir —quizá de manera un tanto forzada— la orientación sexual de Stoker y analiza su vida y su obra en ese sentido.

En Londres conoció a toda la flor y nata de las artes británicas, como el escritor Arthur Conan Doyle (padre del Sherlock Holmes), el pintor James McNeill Whistler o el escritor Hall Caine, hoy casi olvidado, pero por entonces la figura indiscutible de las letras inglesas, el venerado

El Teatro Lyceum de Londres acoge en la actualidad grandes espectáculos.

Irving (de perfil, en el centro) y Stoker (bajando el escalón), saliendo del Teatro Lyceum.

superventas de la época, de quien se hizo gran amigo. A él le dedicó *Drácula* en 1897. Empezó a escribir antes: su segundo libro, durante su época como inspector, fue una guía para funcionarios públicos, lectura obligada en la administración irlandesa hasta mediados de la década de 1950. *The Duties of Clerks of Petty Sessions in Ireland* (1879) se consideró la obra de referencia para los secretarios de Petty Sessions (tribunales locales que se ocupan de casos civiles y penales menores).

Fueron, esos sí, los días de vino (tinto, por supuesto, color sangre) y rosas de Stoker, quien viajó con Irving por todo el mundo; aunque, curiosamente, nunca por esa Europa del Este a la que iba a sacar tanto partido. Bram hacía las veces de mánager de Irving y lo acompañaba a donde este fuera de gira, o donde lo invitasen. Dos presidentes estadounidenses, William McKinley y Theodore Roosevelt, lo llamaron para cenar en la Casa Blanca, y Stoker también acudió. En Estados Unidos —donde Irving era especialmente venerado—, Stoker trabó buena amistad con personajes célebres de la época, como Buffalo Bill, Mark Twain o el poeta Walt Whitman.

Últimos años

No duraron poco esos días dorados, pero sí tuvieron un fin claro: Irving falleció en 1905, de un repentino infarto, tras haber completado una representación en un teatro. Stoker fue uno de los primeros en verlo muerto. Ese momento supuso un antes y un después para Stoker, cuya salud también se vio afectada desde entonces. A partir de la muerte de su amigo y empleador, su atención se centró más en la escritura. Trabajó como redactor de la sección literaria del *London Daily Telegraph* y completó varias novelas más.

Sin embargo, su éxito más importante como escritor devino como consecuencia del fallecimiento de Irving: en 1908 publicó *Reminiscencias*

STOKER, DRÁCULA Y (HOMO)SEXUALIDAD

En los últimos años, varios estudiosos han buscado trazas de un universo homosexual en Bram Stoker y, por tanto, en *Drácula*. No se ha llegado a ninguna conclusión clara. Stoker dejó pocas pistas sobre su vida privada. Quienes abogan por la encubierta homosexualidad de Stoker afirman –no hemos llegado a saber cómo– que su matrimonio fue más que casto, casi asexual. Unos lo achacan a la inapetencia de él: otros, a la de ella. Misterios de los biógrafos. De igual manera, señalan que hubo una relación secreta con Oscar Wilde y que, cuando Wilde fue arrestado por sodomía, Stoker se alejó de él para evitar cualquier sospecha. Dicen que esta idea de esconderse por miedo a ser perseguido por lo que era subyace en el conde Drácula.

Se han buscado pasajes en la novela que reafirmen esta tesis. Se señala uno en especial: cuando las novias de Drácula intentan beber la sangre de Jonathan Harker y el conde irrumpe en la habitación y grita «¿Cómo os atrevéis a tocarlo? ¿Cómo os atrevéis a mirarlo cuando lo he prohibido? ¡Este hombre me pertenece! ¡Lo quiero para mí!». Lo anterior, afirman, indica veladamente que Drácula quiere beber la sangre de Harker, y también darle el «beso» del vampiro, lo que también sería un acto de seducción y penetración en una víctima masculina.

personales de Henry Irving, un pormenorizado recuerdo de sus vivencias juntos, un retrato blanco y amable, cuando no idealizado, de su mentor. Resultó un notable éxito de ventas y opacó el resto de la obra de Stoker. En su obituario, el *Irish Times* del 23 de abril de 1912, afirmaba: «Como biógrafo que se ocupa de la vida de un hombre al que conocía tan íntimamente, hizo un trabajo mejor que como novelista». Quién sabe si nuestros sucesores consagrarán en un futuro a los autores que hoy marginamos…

Su último éxito llegó en 1909 con *La dama del sudario*, novela de terror gótico que sigue la estructura de *Drácula*. Se ambienta en un quimérico país balcánico, y presenta varias fuentes para su narración: cartas en-

Según esto, el conde Drácula, encerrado en el ataúd/armario, era alguien reprimido y temeroso de cómo reaccionaría el mundo exterior a su esencia; y que prefería quedar fuera del alcance de la luz del sol, prefiriendo la misantropía a que la luz revelara quién era. Como Stoker, indican, aunque este estuviera lejos de ser un misántropo.

Como vemos, son argumentos un tanto arbitrarios, que podrían aplicarse, de manera revisionista, a otras obras. En cualquier caso, resulta cierto que, para los estándares de la época (la púdica victoriana), la novela resulta casi escandalosamente sexual. Una criatura impura (un íncubo) que quiere poseer a una mujer inocente (pero que le permite entrar a su habitación), que le muerde e introduce una parte (dura, afilada) de su cuerpo y bebe de ella, intercambio de fluidos: ahora lo podemos tener más asimilado, pero a finales del siglo XIX resultaba poco menos que inmoral. También resulta llamativo que sea Mina la heroína, la mujer de acción encargada de salvar al hombre, y Jonathan el encarcelado, el sujeto pasivo a quien hay que rescatar.

EL FESTIVAL BRAM STOKER

Cuando octubre llega a su fin, año tras año se celebra en Dublín el Festival Bram Stoker. Los organizadores se inspiran en las obras del autor (no solo en *Drácula*), y transforman los recintos más emblemáticos de la ciudad en escenas góticas, sobrenaturales y victorianas.

Se presentan grandes espectáculos e instalaciones al aire libre y actuaciones en *pétit comité* en terrenos sagrados; hay estrenos mundiales de nuevas bandas sonoras para películas clásicas y producciones teatrales premiadas, o circo al aire libre por la noche en bosques tenebrosos. No faltan comedias en clubes nocturnos o conjuntos corales en bibliotecas a oscuras, incluso recorridos gastronómicos con banquetes elaborados en criptas sagradas. Es, sin duda una gran excusa para conocer mejor Irlanda, *Drácula* y, por supuesto, a Bram Stoker.

Un cartel publicitario del festival.

tre los personajes, diarios privados, noticias de periódicos, documentos apócrifos... La inquietante trama presenta a un joven de orígenes humildes a quien le toca una enorme herencia; pero, para hacerse cargo de ella, deberá cruzar el continente e instalarse en el castillo de Vissarion. Un lugar turbador que se halla en el neblinoso País de las Montañas Azules. Sin embargo, su última novela, *La guarida del gusano blanco* (1911), se ha tomado, con la distancia del tiempo, como uno de los libros más disparatados jamás escritos.

Muerte e inmortalidad

Parece que fue masón, o al menos acudió a algunas reuniones, aunque sin resultar un miembro muy activo, de la Golden Dawn y de la Societas Rosicruciana de Anglia. A Stoker le atraía lo oculto, como a muchos otros francmasones, pero desde una perspectiva curiosa e histórica, no creía en supersticiones ni poderes sobrenaturales (al contrario que su

Stoker recibió críticas más bien positivas cuando publicó Drácula, pero no muchos ingresos. Fue el cine el que impulsó la fama del vampiro y recuperó la figura del escritor.

colega Arthur Conan Doyle) y confiaba en la supremacía del método científico. Otra de sus pasiones en vida fue la política: era un declarado seguidor del Partido Liberal (junto al Conservador, uno de los dos principales partidos de la época en el Reino Unido), dentro del ala que defendía una mayor autonomía para Irlanda. No era Stoker –para nada– un independentista; de hecho, abogaba por una Irlanda dentro del Imperio británico. Pero sí que defendía la aplicación de la Home Rule, el estatuto que dotaba a Irlanda de cierta autonomía.

Según nos acercamos a 1912, la salud de Stoker se va deteriorando. Sufre varios derrames cerebrales y cada vez sale menos de casa. Hay quien dice que fue por exceso de trabajo; otros –como indicábamos– por las secuelas de la sífilis, pero la realidad es que muere el 20 de abril de 1912, un tanto olvida-

Author, and Manager of Sir Henry Irving, Expired in London.

Bram Stoker, author, theatrical manager, close friend and adviser of the late Sir Henry Irving, died in London last Sunday. For twenty-seven years he was business manager for the famous English actor, in charge of the Lyceum Theatre during Irving's tenancy of that house.

Mr. Stoker, whose first name was Abraham and who was always known by the diminutive of Bram, was born in Dublin in 1848. His father held an official post in Dublin Castle, and the young man was educated at Dublin University. At the university he took high honors in mathematics, and after his graduation he obtained a post in the civil service, finally becoming an Inspector of Petty Sessions.

His personal relationship with Sir Henry Irving began in early youth, and their business association was formed in 1878, when Irving began his career at the Lyceum. This association was not ended until the death of the actor, in 1905. After the passing of Irving, Stoker served on the literary staff of The London Daily Telegraph, and also acted as manager of David Bispham's light opera, "The Vicar of Wakefield."

His best-known publication is "Personal Reminiscences of Henry Irving," issued in 1908. Among his other works, mostly fantastic fiction, are "Under the Sunset," "The Snake's Pass," "The Watter's Mou'," "The Shoulder of Shasta," "Dracula," "The Mystery of the Sea," "The Jewel of the Seven Stars," and "The Lady of the Shroud."

His wife was Florence Agnes Lemon Balcombe, and they had one son. He was a medalist of the Royal Humane Society and a member of the National Liberal, the Authors', and the Green Room Clubs.

Obituario de Bram Stoker en la página 13 de *The New York Times*, del martes 23 de abril de 1912.

do. La figura del conde Drácula eclipsó incluso a su autor: a Stoker no se le recuerda por mucho más. De hecho, aunque creó uno de los personajes más reconocibles de la literatura mundial, que se identifica en casi todas las partes del planeta, Stoker es casi un desconocido incluso en su Irlanda natal. Pero un vampiro, ay, lo hizo inmortal. Predecible, en cierto modo.

Dejó viuda e hijo en el atribulado mundo de los vivos. Florence se quedó como albacea literaria, lo que le dio mucho trabajo. Pero eso fue otra historia, a la que pronto llegaremos.

Los vampiros y

O los antecedentes del conde transilvano

Drácula no fue flor de un día. El conde llegó a nuestras vidas, y a su no muerte, porque tuvo una serie de antecedentes literarios. A finales del siglo XVIII apareció en Inglaterra un tipo de novela que, con sus mutaciones, ha llegado hasta nuestro tiempo: la *novela gótica*. El horror y la decadencia tomaban las páginas más leídas.

LA NOVELA DE Bram Stoker se ha alzado ya –y posiblemente, para siempre– como la novela de vampiros más importante y universal. Sin embargo, no es la única, ni siquiera la fundadora del género. De hecho, si hablamos del género *novela gótica*, tenemos que viajar más atrás en el tiempo. Te pedimos que nos acompañes en este viaje por las trincheras de horror literario.

Orígenes en Otranto

Lo primero es determinar a qué llamamos *novela gótica*. Lo más lógico sería encuadrarla como una corriente (o subgénero) dentro del género de terror, que va más allá de lo gótico. Hay quien le otorga categoría de género por derecho propio. Sin embargo, no perderemos más tiempo en cuestiones de clasificación: sean galgos o podencos, vienen a por nosotros y hay que moverse: porque muerden con afilados colmillos.

las novelas góticas

Carmilla

Varney el vampiro

El viejo barón inglés

El vampiro

Frankenstein

El Giaour

El castillo de Otranto

La novia de Corinto

La abadía de Northanger

Los misterios de Udolfo

El monje

El pistoletazo de salida de las novelas góticas se suele situar en 1764. Es entonces cuando el escritor inglés Horace Walpole, cuarto conde (¡ojo, un señor conde!) de Orford, publica su novela *El castillo de Otranto*. Un hombre particular el tal Walpole, aristócrata de la vieja escuela, miembro del Parlamento británico, con costumbres propias de un dandi, señalado en su tiempo de «afeminado» y primo del célebre militar y marino Horatio Nelson. No le valió con pasar a la historia como el autor de la primera novela autodenominada «gótica», sino que fue el creador de la palabra *serendipia*: «Hallazgo valioso que se produce de manera accidental o casual», nos recuerda el diccionario. En una de sus cartas (su numerosa correspondencia se ha estudiado mucho), firmada en 1754, Walpole inventó el término, derivado de un cuento tradicional persa llamado *Los tres príncipes de Serendip*, en el que los protagonistas, unos príncipes de la isla Serendip –antiguo nombre persa de la isla de Ceilán– salían de sus apuros a través de increíbles casualidades.

Perdón por la digresión, pero la serendipia importa en la gestación de casi cualquier novela. En el caso de *El castillo de Otranto*, el afortunado hallazgo parte de una pesadilla que sufrió el autor en su casa de estilo neogótico, Strawberry Hill House, en Twickenham, al suroeste de Londres. Cuando la compró, añadió claustros, torretas y almenas

El verdadero castillo de Otranto, en la actualidad.

¿POR QUÉ SON «GÓTICAS» LAS NOVELAS GÓTICAS?

Se llamaron góticas porque su impulso imaginativo se sustentaba en los edificios y ruinas medievales. Y, como recordamos, gran parte del medievo (del siglo V al XV, aproximadamente) se construyó con el estilo gótico. La decadencia, el estado ya ruinoso de aquellas construcciones a finales del siglo XVIII le sentaba muy bien a aquellas primeras novelas. La palabra «gótico» se refería, en un principio, a los godos, una tribu germana; luego se igualó a «alemán» y, más tarde, a «medieval». El término lo utilizaron los renacentistas de modo peyorativo, para sugerir que el arte medieval había sido invención de las tribus bárbaras que acabaron con el Imperio Romano.

La casa de Strawberry Hill House, tras algunas reformas, luce así en 2022.

(¿pasión por el medievo o caprichos *kitsch* de rico?), decoró el interior con cuadros y curiosidades y acumuló una valiosa colección de libros. De hecho, ¡la casa estaba abierta a los turistas! Walpole afirmó haber visto un fantasma en el sueño, en concreto una «mano gigantesca con armadura». Él era un experto en historia medieval, y su saber, su turbio sueño y su sugerente hogar se entendieron para dar forma a su relato.

Un poco al estilo de *Don Quijote de la Mancha*, Walpole presenta su novela como la traducción al inglés de un manuscrito descubierto hace poco. El prefacio de la primera edición sugiere que se escribió en algún

En la obra de William Shakespeare asoman despuntes que recogieron los autores góticos: tramas en torno a lo sobrenatural, la venganza, los fantasmas, la brujería, los presagios.

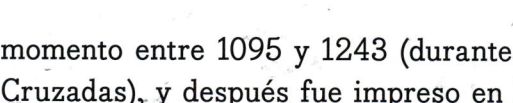

momento entre 1095 y 1243 (durante las Cruzadas), y después fue impreso en Nápoles en 1529. El manuscrito cuenta la historia de Manfredo, un príncipe de Otranto, población de Apulia, la región que ocupa

Retrato de Horace Walpole (c. 1756), de Joshua Reynolds.

el «tacón» de la bota que forma el mapa de Italia. En su novela, este castillo (que existe y aún se mantiene en pie con dignidad) alberga pasajes subterráneos, paneles ocultos que se activan mediante mecanismos y trampillas, lo que será marca de la casa para las futuras novelas góticas.

La novela de Walpole resultó un éxito de ventas, por lo que pronto se encargó una segunda edición, en abril de 1765 (curiosamente, la primera la publicó bajo pseudónimo). Fue entonces cuando se encargó de incluir un subtítulo: *El castillo de Otranto. Una novela gótica*. La bola echó a andar (y no ha parado de dar vueltas desde entonces).

Características

Walpole dejó bien claro en el prólogo los motivos que subyacían a la creación de aquella obra rompedora: «un intento de mezclar dos tipos de literatura, la antigua y la moderna. En la primera, todo era imaginación e inverosimilitud: en la segunda, la naturaleza siempre está destinada a ser, y a veces lo ha sido, copiada con éxito». La apuesta más «descarada» era la de mezclar elementos mágicos y sobrenaturales con la realidad, que el lector no pudiera distinguir con claridad lo real de lo irreal. No, por supuesto, de la manera en que el realismo mágico lo hará siglo y medio después, sino siempre como marco para generar terror, angustia, decadencia.

Algunas características que podemos enumerar son:

- *En las novelas góticas el pasado es casi un personaje más: entonces sucedió algo ominoso, que acabará por volver. El pasado toma forma con castillos lúgubres, criptas, conventos, la mayoría edificios ruinosos, como si no hubiera presupuesto para reformas ni viviendas de clase media en la gran ciudad.*

- *Impera la noche, la oscuridad: el XVIII era el Siglo de las Luces, pero no el de la electricidad, eso había que aprovecharlo.*

- *La única electricidad es la de las tormentas que, esas sí, abundan, como la lluvia y la niebla. Hay que recordar que todo esto nació en Inglaterra.*

- *Los personajes principales suelen estar atormentados (¡ay!, ese turbio pasado) y si no lo están, las fuerzas sobrenaturales les recuerdan que deberían estarlo.*

- *Lo macabro: no faltan cadáveres, torturas, desmembramientos, envenenamientos. Quizá hoy se describan más crudamente, pero, por contraste, la impresión en el lector de entonces era mayor.*

- *La venganza: si el pasado manda, la venganza va de la mano. Y, aunque te recluyas en un castillo, no se le puede poner puertas a lo sobrenatural.*

El éxito de *El castillo de Otranto* generó una ola de imitadores. Si alguien abre una senda, sigue sus pasos. Nada nuevo en literatura (así nacen los movimientos literarios) y que hoy se replica con la explosión de la novela negra. Quizá la primera en entenderlo así fue Clara Reeve, otra novelista británica, que con *El viejo barón inglés* (1778) consiguió otro éxito. Sin embargo, en los años finales del siglo XVIII, aquello de la novela gótica tenía ya una *reina*: Ann Radcliffe.

Los libros de Radcliffe –apenas media docena, pero de gran éxito– seguían una estructura común: una inocente y heroica joven, situada en el marco

THE

MYSTERIES of UDOLPHO,

A

R O M A N C E;

INTERSPERSED WITH SOME PIECES OF POETRY.

BY

ANN RADCLIFFE,

AUTHOR OF THE ROMANCE OF THE FOREST, ETC.

IN FOUR VOLUMES.

Fate fits on thefe dark battlements, and frowns,
And, as the portals open to receive me,
Her voice, in fullen echoes through the courts,
Tells of a namelefs deed.

VOL. I.

LONDON:
PRINTED FOR G. G. AND J. ROBINSON,
PATERNOSTER-ROW.
1794.

Portada de la primera edición de *Los misterios de Udolfo*.

de un tétrico y lúgubre castillo, debía hacer frente a un todavía más misterioso señor de oscuro pasado. En los círculos frecuentados por la clase alta y media alta sus novelas constituían un tema de conversación habitual. Jóvenes –y no tan jóvenes– damiselas se identificaban con los desvelos de aquellas valientes heroínas, pioneras de un incipiente *feminismo gótico*. Radcliffe influyó considerablemente en los grandes narradores de principios del siglo XIX, como Walter Scott, las hermanas Brontë, Edgar Allan Poe, Honoré de Balzac, Víctor Hugo o Alejandro

Dumas, entre otros. Su escritura, pese a lo tenebroso del fondo, no carecía de cierta poesía y delicadeza en la descripción del paisaje y latía en ella un apasionado romanticismo. Su título más recordado es, sin duda, *Los misterios de Udolfo* (1794), en la cual encontramos la quintaesencia del gótico literario: *remotos* castillos en ruinas en los Pirineos, en los Apeninos y en Venecia –lugares que, por supuesto, no había visitado–, sucesos en apariencia sobrenaturales, un villano maquiavélico y una heroína que se desmaya cuando toca –¡qué sería de las novelas góticas sin los desmayos!–, pero que también se levanta, sabe sufrir y lucha por su destino. Un éxito por el cual la editorial G. G. and J. Robinson le pagó la nada despreciable cifra de 500 libras esterlinas.

Una mancha oscura que se expande

La popularidad de estas obras se extendió por toda Europa. Cada temporada florecían nuevos maestros de la novela gótica, con una frecuencia solo igualada por la que en nuestro tiempo aparecen *maestros* de la novela negra, al ritmo que demandan los lectores y acompasan las edi-

toriales. En Inglaterra se consagraron novelas como *El monje* (Matthew Lewis, 1796), que introdujo asuntos como magia negra y satanismo, el mal dentro de la Iglesia católica, lo cual añadió dosis de morbo al género —no, *El código Da Vinci* (Dan Brown, 2003) no inventaba nada nuevo— o *La abadía de Northanger* (Jane Austen, 1818), aunque en realidad esta buscaba ya más bien parodiar el género.

En Estados Unidos, Edgar Allan Poe se alzaba como maestro indiscutible de lo gótico, que consiguió encauzar hacia el género policíaco, al que, casi sin querer, estaba empezando a dar forma. En España, antes que los conocidos relatos y poesías de terror de Gustavo Adolfo Bécquer o José de Espronceda, aparecieron las novelas del sacerdote Pascual Pérez Rodríguez, en especial *El panteón de Scianella* (1834), considerada la obra maestra del género en España (Pérez Rodríguez también fue el autor de la primera fotografía aparecida en la prensa escrita española, en 1852).

En Rusia, grandes escritores como Alexandr Pushkin o Nikolai Gogol también escribieron cuentos o poesías con influencias del gótico euro-

Retrato de G. A. Bécquer, realizado por su hermano Valeriano (1862) y daguerrotipo de E. Allan Poe (1849).

Los castillos y palacetes de las novelas góticas siempre cuentan con pasadizos secretos tras las paredes.

peo. Los tentáculos de lo macabro, lo turbio y lo decadente se extendieron en el espacio y en el tiempo. Las secuelas fueron imparables: llegan hasta hoy mismo.

¿Y las novelas de vampiros?

En la Europa del siglo XVIII, antes del desembarco de las novelas góticas, ya era común escribir sobre el mito de los vampiros. Se considera que el poema *El vampiro* (1748), del alemán Heinrich August Ossenfelder, es la primera obra literaria moderna que hace referencia a esta figura. En realidad, no aparece un vampiro como tal, sino que un hombre enamorado de una doncella, que lo rechaza, la amenaza simbólicamente con convertirse en un vampiro, y entrar en su alcoba de madrugada para beber su sangre, y demostrar así que su amor por ella es más fuerte que las prohibiciones que los separan. Algo parecido, pero ya con una criatura no-muerta y el pertinente toque gótico, sucede en el poema *La novia de Corinto* (1797), de Johann Wolfgang Goethe: amores imposibles entre una vampira y un humano. En verdad, las relaciones entre vampiros y mortales nunca han resultado muy estables, ya sea por las diferencias de edad o de costumbres alimentarias.

Como vemos, los más grandes de la literatura de su tiempo también fueron mordidos por la figura del vampiro. En Inglaterra, el célebre Lord Byron escribió el poema épico *El Giaour, fragmento de un cuento turco* (1813), en el cual, el *giaour*, tras morir, se ve condenado a matar a sus propios seres queridos bebiendo su sangre (*giaour* es una palabra turca que significa «el infiel»: en ese poema une vampirismo con orientalismo, otra de las obsesiones de la época). El vampiro no lo quiere hacer, pero su naturaleza se impone a su voluntad, para su desgracia y la de sus familiares. Byron puso así otra capa de complejidad en la figura vampírica, retratándolo como un ser atormentado por su propia esencia. ¡Qué triste es matar, pero más triste es matar a quienes quieres!

Un grabado con la imagen de Lord Byron (izquierda) y óleo de John William Polidori, obra de F.G. Gainsford (c. 1820).

La influencia de Byron con la literatura y los vampiros fue más allá. En las célebres noches de junio de 1816 en Villa Diorati (Suiza), cuando una gran tormenta obligó a Byron y a sus compañeros a quedarse encerrados, el poeta los desafió a escribir una historia de fantasmas. Allí estaba Mary Shelley, que empezó a dar forma a *Frankenstein o el moderno Prometeo* (1818), novela que va más allá de lo gótico para abrir las puertas al género de la ciencia ficción. Pero, para lo que nos interesa, Byron comenzó *El entierro*, una misteriosa historia sobre un aristócrata llamado Augustus Darvell que viajaba a... Oriente, claro. El relato lo dejó inconcluso, pero su médico y secretario, John William Polidori, lo retomó y le sirvió de base para completar *El vampiro* (1819). Este cuento está protagonizado por Lord Ruthven, un enigmático caballero recién llegado a las altas esferas londinenses que vuelve de ultratumba. Con el pérfido Lord Ruthven –personaje que, según un amplio consenso, está inspirado en el propio Byron, con quien Polidori mantenía una compleja relación de amor-odio– aparece la figura del vampiro como atractivo aristócrata, pleno de astucia y capacidad de seducción, cuya elegante tez pálida enmascara su sed de sangre y cuyos hábitos nocturnos provocan especulaciones. Por cierto, aquel cuento se publicó por error (¿?) como obra de Lord Byron, hundiendo aún más la moral del pobre Polidori, quien se suicidó dos años después. Él no revivió –la literatura no fue más grande que la vida–, aunque se le recordará más que a cualquiera de nosotros.

Acercándonos a *Drácula*

En 1845, en Inglaterra, aparece el primer capítulo de una novela por entregas, titulada *Varney el vampiro*. En concreto, es una *penny dreadful* (que podríamos traducir libremente como «noveluchas de terror»): historias publicadas en tiradas semanales, cada una con un costo de un penique, con aire sensacionalista, sin aspiraciones literarias, que contaban historias de aventuras, de detectives, criminales o de entidades sobrenaturales. Fue en este largo folletín (cuando se publicó como libro en 1847 completaba 876 páginas) donde se presentaron algunos de los tópicos más reconocibles (o tropos) de los vampiros:

- *Varney tiene largos colmillos blancos y afilados.*

- *Se sabe que ha atacado porque deja dos punzadas en el cuello de sus víctimas.*

- *Tiene poderes hipnóticos.*

- *Su fuerza es varias veces superior a la normal.*

EL COMIENZO DE LA LITERATURA *PULP*

El vampiro Varney era un descarado *penny dreadful*. Esta denominación, bastante peyorativa, escondía un hecho positivo: los jóvenes obreros con pocos recursos podían disfrutar de una forma de ocio «educativa» a bajo coste. Incluso quienes no podían permitírselo o aún era un lujo, lo podían comprar entre varios y compartirlo. Quizá sin pretenderlo, los *penny dreadful* fueron un arma para la alfabetización.

Se imprimían en papel de pulpa de madera barato y estaban destinados al proletariado. Se vendían más de un millón a la semana en la Gran Bretaña victoriana, hasta su caída hacia 1890. Fueron un antecedente directo de la *literatura pulp*, que campeó con éxito durante la primera mitad del siglo XX en Estados Unidos, y que posteriormente ha resurgido y ha sido imitada. Una fina e imaginativa línea une a *Drácula* (la novela y las películas) con *Pulp Fiction* (Quentin Tarantino, 2001).

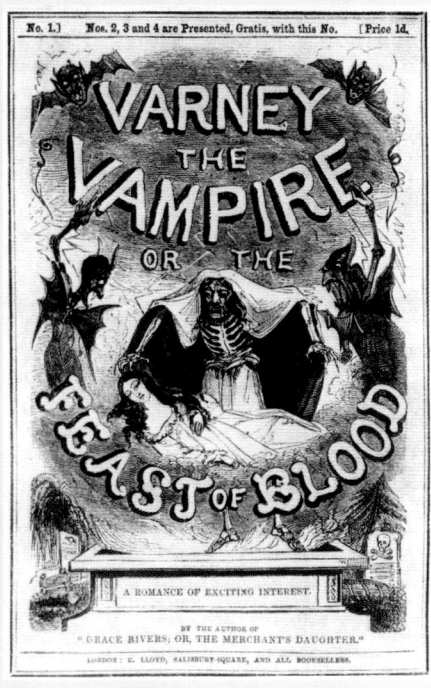

Sin embargo, a diferencia de otros (como el mismo conde Drácula) puede salir a la luz del día y no huye despavorido ante las cruces o el ajo. Es más, puede comer y beber como un humano para pasar desapercibido, lo cual nos recuerda a otros vampiros más actuales (como los de la saga *Crepúsculo*). En cualquier caso, *Varney el vampiro* sirve para popularizar —más, si cabe— al vampiro: es indudable que gusta, que atrae, que vende. Algo tiene que el público pide más. Viene siendo así desde hace casi dos siglos.

Ilustración de DH Friston que acompañó la primera publicación de *Carmilla* en la revista *The Dark Blue* (1872).

Nos vamos acercando a la publicación de *Drácula*. Un acontecimiento literario intermedio, sin el que quizá Bram Stoker no hubiera escrito su famosa novela, fue la publicación, entre 1871 y 1872, de la novela corta *Carmilla*, firmada por Sheridan Le Fanu. También irlandés, y en su momento, empleador de Stoker (véase página 43), Le Fanu fue uno de los principales escritores anglosajones del (sub)género gótico y de terror, especializado en los cuentos de fantasmas, maestro en la recreación de atmósferas lúgubres y amenazadoras. Con *Carmilla* se pasó al mundo de los vampiros: añadió su propia visión, su nueva capa de barniz a una criatura que se iba enriqueciendo tras cada éxito editorial. Se publicó como serial en una revista y cuenta una historia narrada por la joven Laura, que se hace amiga de otra, Carmilla, a la que invitan a vivir con ellos. La amistad entre las chicas va creciendo, e incluso Carmilla parece insinuarse de manera muy «atrevida». La trama se irá oscureciendo, las jóvenes del pueblo van muriendo misteriosamente y convocan a un especialista en vampiros ante la sospecha —acertada— de que algo sobrenatural está sucediendo.

Carmilla guarda muchos puntos en común con *Drácula*: el sonambulismo de sus protagonistas, la aparición de un experto en vampiros, la conversión en un *alter ego* animal, la forma de matar al vampiro (estaca y decapitación). Parece difícil que *Drácula* existiese sin que *Carmilla* hubiese sido escrita. En cualquier caso, la aportación más perenne de la novela de Le Fanu fue la del lesbianismo vampírico. La obra del irlandés abrió la puerta a un morbo sexual que se irá desarrollando desde entonces. Sin embargo, más que como normalización de la homosexualidad,

las vampiras lesbianas servían como demonización de los comportamientos fuera de norma. No olvidemos que estamos en plena época victoriana: Carmilla es una mujer-vampira sexualmente transgresora, que será castigada.

> *A veces, después de una hora de apatía, mi extraña y hermosa compañera tomaba mi mano y la sujetaba con una presión cariñosa, renovada una y otra vez; se ruborizaba un poco, me miraba a la cara con ojos lánguidos y ardientes, e inhalaba tan rápido que su vestido subía y bajaba con la respiración turbulenta. Era como el ardor de un amante; me avergonzaba; era odioso y, sin embargo, irresistible; y con ojos sucios me atraía hacia ella, y sus labios calientes recorrían mi mejilla con besos; y susurraba, casi entre sollozos: «Eres mía, serás mía, y tú y yo somos una para siempre».*
>
> Carmilla, *Capítulo 4*

Sheridan Le Fanu (izquierda) en 1873. Anne Rice (derecha), en una fotografía de 1998.

Los vampiros siguen presentes en la literatura del siglo XXI. También ocupan un lugar preferente en el cómic y el manga japonés.

Hay vida después del no muerto

En ese ambiente propicio para el horror surge *Drácula*, en 1897. Bram Stoker crea la novela más conocida sobre vampiros, pero, como hemos comprobado, no es la fundacional, sino que se levanta sobre una montaña de antecedentes. No podemos decir que *Drácula* fuera una novela oportunista: aporta una visión propia y, como es evidente, su calidad la ha hecho imperecedera. Sin embargo, como diría Isaac Newton, «llega lejos porque se pone sobre los hombros de gigantes».

La literatura gótica siguió su curso, se infiltró en otros géneros (el romántico, por ejemplo) y en la narrativa de casi cualquier país. En nuestro tiempo, la literatura de terror es una de las más productivas, y tiende continuos puentes con la novela negra, acaso la que más libros vende.

Los vampiros, por su parte, gozan de buena salud y no parece que nadie se atreva a acabar con ellos: sería un acto diabólico que merecería excomunión. Resulta imposible aquí seguirles la pista, ni siquiera esbozar un resumen de lo que se ha publicado desde que *Drácula* (por su adaptación al cine, sobre todo) se convirtiese en un libro de masas. Nos atrevemos, si acaso (y aunque sea redundante para los más afines a los chupasangres), a recomendar los cuentos del autor uruguayo Horacio Quiroga, quien entre sus textos de terror incluye en ocasiones vampiros, como en *El almohadón de plumas* (1905) o *El vampiro* (1927); o la célebre novela de Richard Matheson *Soy leyenda* (1954), que utiliza la ciencia ficción para presentar un futuro distópico dominado por los vampiros; y, por supuesto, la lectura de *Las crónicas vampíricas* (1976-2018), escritas por Anne Rice y protagonizadas por el vampiro moderno más celebrado, Lestat de Lioncourt.

Lo milagroso, en pleno siglo XXI, es no encontrarse con un vampiro, en la literatura, en el cine o… ¡quién sabe dónde!

Los vampiros más allá de Drácula

Criaturas fantásticas del mundo real

Decíamos que este libro es sobre Drácula y no sobre todos los vampiros, y es cierto. Pero necesitamos saber más de los vampiros, en general, para conocer mejor al nuestro. Este es un somero repaso a la figura de este monstruo, que es común a diversas culturas donde surgió, sin embargo, de manera independiente. Vampiros los ha habido y los habrá siempre, donde y cuando sea.

IGUAL QUE NO todo el monte es orégano y no todos los grupos sanguíneos son 0+, no todos los vampiros son Drácula. Ni mucho menos. La figura del vampiro se remonta a la noche −claro− de los tiempos. Es más: en culturas muy alejadas entre sí, en el tiempo y en el espacio, se han hallado similares historias sobre seres horrendos, regresados de la muerte, que se alimentan de la sangre de los vivos. Eso de morirse debe de ser muy malo, y algunos se escapan de su destino. Pero tiene un precio. Te conviertes en un asesino y nadie te quiere a su lado, no solo por el aliento. Que nadie se engañe: es mejor morirse.

Veremos ejemplos de chupasangres en varias culturas. En cualquier caso, el vampiro que se ha impuesto −a lo largo del planeta que habitamos los vivos− es el originario del este de Europa, el de los pueblos eslavos. De allí llega el término *wampir*, que algunos estudiosos han identificado como la suma de los vocablos *wam* = sangre y *pir* = monstruo). Aun así, no queda del todo claro el origen. Durante la Ilustración

se popularizó el termino *wampir*, de manera que fue desembarcando en el vocabulario de otros países europeos. En castellano, por ejemplo, se incluyó en el *Diccionario de la lengua española*, de la Real Academia Española, en la novena edición, de 1843.

La literatura occidental empezó a tomarle el pulso —si se nos permite la paradoja— a los vampiros en el siglo XVIII. En cuanto los autores empezaron a hincarle el diente —perdón, de nuevo— a las historias que llegaban del este, sobre exhumaciones de no muertos, la mecha prendió y la figura del vampiro dejó de ser algo folclórico para convertirse en algo cultural; y, con el tiempo, un fetiche de la sociedad de consumo.

LEYENDAS CON UN POQUITO DE VERDAD

En las páginas de este libro indicamos que, en un principio, Bram Stoker iba a situar *Drácula* en la región de Estiria (Austria), no en Transilvania. *Carmilla*, el relato de Sheridan Le Fanu, que sirvió como referente a Stoker, se desarrolla allí. ¿Casualidad? No lo es. Muchas de esas historias que sedujeron a los escritores occidentales provenían de esa zona. Muertos desenterrados que parecían vivos... Un lugar donde la leyenda y las costumbres se enlazaban. Y en el que la ciencia puede aportar cierta luz.

En Estiria existía —suponemos que ya no— la ancestral tradición de mascar arsénico. Los hombres que lo hacían mascaban terrones de trióxido de arsénico, o incluso lo rallaban sobre sus tostadas dos o tres veces a la semana. Solían comenzar con un terrón del tamaño de un guisante, e iban aumentando la dosis hasta ingerir cantidades, *a priori*, letales. Defendían ese disparate porque lo consideraban un «suplemento alimenticio», que les permitía respirar mejor en altura, incrementaba su masa muscular y aclaraba la piel: se sentían más atractivos. También las mujeres lo mascaban, ya que les daba una figura con más curvas y una complexión «rotunda». El arsénico era en Estiria como una pequeña panacea; esa era, la menos, la creencia.

Por supuesto, el arsénico mataba cualquier bacteria que pudiera causar granos o manchas, y funcionaba como vasodilatador de los

La imagen del conde Drácula

Pensemos en el aspecto de nuestro conde Drácula, el de Bram Stoker. El cine –algunas películas– ha distorsionado un poco su figura, haciéndola más atractiva de lo que en realidad es en la novela original. Para Stoker, el conde es un seductor, sí, pero no por belleza sino por algo salvaje que emana de su interior. La ciencia lo podría equiparar a algo así como «ración extra de feromonas». En el libro se apunta esa dualidad repulsión/atracción que sufren tanto Lucy como Mina respecto al conde: repulsión a primera vista, atracción fatal en el cara a cara, cuando los cuerpos están cerca. Es la velada sensualidad –o algo parecido, porque nues-

capilares bajo la piel, lo que proporcionaba color en las mejillas, asociado a la buena salud. Y si no acababa por matar a aquellos incautos era, precisamente, por la dosis: al tragarse casi siempre en terrones y no como polvo fino o disuelto en líquido, se expulsaba antes de que se filtrase a la sangre.

Cuando estas historias llegaron a Europa, el primer efecto fue el empleo del arsénico como cosmético: la coquetería (antes y ahora) siempre le gana la primera partida a la salud. Sin embargo, para lo que nos afecta, el efecto era otro. La tradición funeraria en Estiria dictaba que se exhumasen los cadáveres a los 12 años. ¿Qué sucedía con los mascadores de arsénico? Los hallaban en tal buen estado que se los podía reconocer tras una docena de años bajo tierra. ¿La razón? El arsénico actuaba como conservante del cuerpo. Su capacidad aséptica eliminaba las bacterias del proceso de descomposición. A partir de ahí, comenzaba el trabajo de una poderosa arma: LA IMAGINACIÓN. Para relacionar esa «eterna juventud» con el vampirismo solo había un paso.

tros ojos ya no pueden leer como los del siglo XIX– que despertó cierto escándalo en la época de la publicación de la novela. El conde aparece descrito en varias ocasiones. La primera de ellas, cuando lo ve Jonathan Harker en su castillo transilvano, es la más completa:

Su cara era fuerte, muy fuerte, aguileña, con un puente muy marcado sobre la fina nariz y las ventanas de ella peculiarmente arqueadas; con una frente alta y despejada, y el pelo gris que le crecía escasamente alrededor de las sienes, pero profusamente en otras partes. Sus cejas eran muy espesas, casi se encontraban en el entrecejo, y con un pelo tan abundante que parecía encresparse por su misma profusión.

La boca, por lo que podía ver de ella bajo el tupido bigote, era fina y tenía una apariencia más bien cruel, con unos dientes blancos peculiarmente agudos; éstos sobresalían sobre los labios, cuya notable rudeza mostraba una singular vitalidad en un hombre de su edad. En cuanto a lo demás, sus orejas eran pálidas y extremadamente puntiagudas en la parte superior; el mentón era amplio y fuerte, y las mejillas firmes, aunque delgadas. La tez era de una palidez extraordinaria.

También Mina Harker lo llega a describir:

Jonathan estaba muy pálido, y sus ojos parecían salirse de sus órbitas, mientras, con una mezcla de terror y asombro, miraba fijamente a un hombre alto y delgado, de nariz aguileña, bigote negro y barba puntiaguda, que a su vez observaba a la hermosa muchacha. La estaba mirando tan embebido que no se percató de nuestra presencia, y por ello pude echarle un buen vistazo. Su cara no era una buena cara; era dura y cruel, y sensual, y sus grandes dientes blancos, que se veían aún más blancos por el intenso rojo de sus labios, estaban afilados como los de un animal.

Han sido varios los autores que han asociado estas descripciones con la fisonomía tipo que se atribuía a los judíos por entonces, en un momento

en el que el antisemitismo estaba desatado en Europa. Drácula es un tipo de nariz aguileña y bigotudo, repulsivo, enjuto, de riqueza ancestral, un parásito que se alimenta de la sangre de otros. ¿Coincidencia o era Stoker el que se sumaba con oportunismo a la moda, para dotar de mayor «sugerencia» a su criatura?

Los otros vampiros

Sin embargo, aunque el Drácula de Stoker se ha erigido ya como el vampiro «oficial», no lo es. Existen decenas de tipos vampiros, que se ubican en diferentes puntos del planeta, creados por distintas culturas. En las siguientes páginas recogeremos algunos de ellos.

NOSFERATU

Podemos caer en el error de pensar que *Nosferatu* y Drácula son sinónimos. Y no lo son. Es cierto que Stoker popularizó la palabra en su novela, ya que aparece citada dos veces:

Amigo Arthur, si hubiera aceptado usted el beso aquel antes de que la pobre Lucy muriera, o anoche, cuando abrió los brazos para recibirla, con el tiempo, al morir, se convertiría en un NOSFERATU, *como los llaman en Europa Oriental, y seguiría produciendo cada vez más «muertos vivos», como el que nos ha horrorizado.*
(Diario del doctor Seward)

El NOSFERATU *no muere como las abejas cuando han picado, dejando su aguijón. Es mucho más fuerte y, debido a ello, tiene mucho más poder para hacer el mal. Ese vampiro que se encuentra entre nosotros es tan fuerte personalmente como veinte hombres; tiene una inteligencia más aguda que la de los mortales, puesto que ha ido creciendo a través de los tiempos...*
(Diario de Mina Harker)

El director alemán Friedrich Wilhelm Murnau –o, más bien, el productor Albin Grau– decidió cambiar el título de la adaptación cinematográfica de 1922 (ya que la película estaba, claramente, basada en ella) por el de *Nosferatu*, aprovechando esa mención, y así evitar el pago de derechos de autor a la viuda de Stoker.

Material publicitario
de Albin Grau para
Nosferatu (1922).

Aun hoy no se sabe con certeza si esa palabra existía en realidad
en el folclore rumano. Lo único seguro es que la escritora británica
Emily Gerard, contemporánea de Stoker, la empleó por primera
vez en Occidente en su diario de viaje *La tierra más allá del bosque*
(1890, cuyo título coincide con el significado literal de Transilvania
en latín) y en un artículo titulado «Supersticiones de Transilvania».
Ella era una experta en tradiciones eslavas (se casó con un oficial de
caballería polaco del ejército austrohúngaro) y Stoker la citó como
una de sus fuentes.

> *Más maligno es el* NOSFERATU, *o vampiro, en el que todo campesino
> rumano cree [...]. Hay dos clases de vampiros, vivos y muertos. El
> vampiro vivo suele ser el vástago ilegítimo de dos personas ilegítimas;
> pero ni siquiera un pedigrí impecable protegerá a nadie contra la
> intrusión de un vampiro en su cripta familiar, ya que toda persona
> asesinada por un* NOSFERATU *se convierte en vampiro tras la muerte, y
> continuará chupando la sangre de inocentes hasta que el espíritu haya
> sido exorcizado abriendo la tumba y clavando una estaca en el cadáver
> o disparando una bala al ataúd.*

Respecto a la etimología de la palabra, tampoco hay nada claro.
Algunos proponen que venga del término *nosēphoros*, es decir,
«portador de la enfermedad»; en cualquier caso, parece que Stoker
la utilizó porque creía que significaba «no muerto».

ÍNCUBOS

Quizá no sean vampiros estrictamente, pero se les parecen mucho. El significado de la palabra 'íncubo' proviene del latín *in*, 'sobre', y *cubare*, 'yacer', de modo que significa algo así como «el que yace encima». Este ser, a medio camino entre el demonio y el vampiro, surgió en la Edad Media europea, y su objetivo fundamental es tener sexo con mujeres dormidas: penetrarlas, poseerlas, violarlas. Las víctimas bien pueden ser violentadas cuando duermen, cuando tienen una pesadilla de la cual no pueden escapar, o bien seducidas por un hombre apuesto que las enamora hasta conseguir su fin, cuando se descubren como íncubos. De hecho, la palabra *incubi*, en latín, se empleaba para describir un tipo de sueño de contenido sexual, «indecoroso» para la época (lo que hoy llamaríamos «sueño húmedo»).

En la tradición oral y en el arte, los íncubos suelen buscar a las mujeres de fe, en especial a monjas y novicias, en lo que parece una excusa del ámbito religioso para esclarecer los embarazos «inexplicables» en personas que habían hecho votos de castidad.

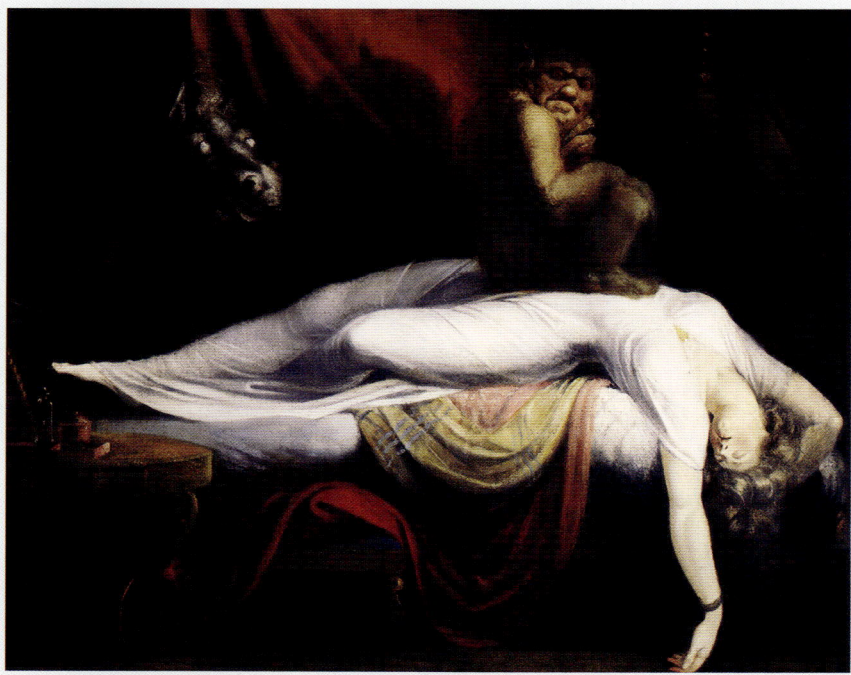

El íncubo (o *La pesadilla*) (1781), de Johann Heinrich Füssli.

SÚCUBOS

Al otro lado del tablero de juego de los íncubos están los súcubos, unos demonios con forma de mujer atractiva. De hecho, su etimología es muy similar: el prefijo *sub* significa 'debajo de', por lo que 'súcubo' es alguien que yace debajo de otra persona. Del mismo modo, es una figura que antecede a la del vampiro, pero por sus similitudes se han ido emparejando, sobre todo por sus connotaciones de dominio sexual.

Los súcubos (en masculino, aunque se refieran a mujeres) sirvieron en su momento para «excusar» fenómenos considerados «impuros» como las poluciones nocturnas. Esos demonios femeninos se introducían en los sueños de los hombres jóvenes para excitarlos en sus sueños y conducirlos hasta el orgasmo y la eyaculación. Eran mujeres que necesitaban el semen de los hombres para sobrevivir, según algunas culturas. También, como espejo de los íncubos, se les achacaban los actos impuros de los monjes en el medievo. Se decía también que el influjo de los súcubos provocaba una gran melancolía en sus víctimas, porque no podían dejar de pensar en ellos.

En la historia bíblica, Lilith es considerada como el primer súcubo, aunque, como en tantas otras ocasiones, todo se limita a que se resistía a ser una mujer sumisa respecto a su marido (Adán, según algunas interpretaciones judías).

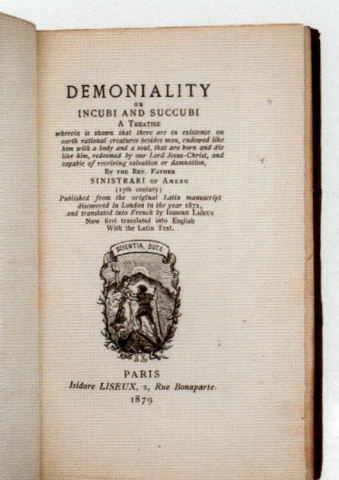

Izquierda: edición inglesa del libro *De Daemonialitate et Incubis et Succubis* (1680), del sacerdote franciscano Ludovico María Sinistrari, el primero dedicado a estos seres.

Derecha: *Lilith* (1892), por John Collier.

LAMIAS

La mitología griega también tenía sus vampiras. Las lamias eran «devoradoras de hombres», puesto que según las leyendas, se los comían, literalmente, Primero empleaban su belleza deslumbrante para seducirlos, prometiendo placeres que no llegaban a dar; y con esas artes los llevaban a lugares apartados donde chupaban la sangre de sus víctimas y devoraban su corazón.

En un principio, Lamia era una hermosa reina de la antigua Libia, que tuvo la feliz ocurrencia de convertirse en la amante de Zeus, el incorregible y mujeriego rey de los dioses griego. Cuando Hera, la esposa oficial, se enteró de esto, la castigó matando a los hijos que tuvo con Zeus. Lamia, a su vez, decidió, por venganza, robar y matar a los niños de los demás. Por eso, las nodrizas invocaban a Lamia para asustar a los niños pequeños si se portaban mal.

Así que las lamias vampirizan a los pequeños inocentes, pero también seducen hasta enloquecer a sus padres, todo como represalia por sus hijos perdidos y por despecho hacia Zeus, que la sedujo, pero apenas la defendió. Las lamias son el antecedente, en la cultura clásica, de la mujer fatal, y servían, dentro de la cultura imperante, como una prolongación del machismo.

Lamia (1909), del pintor británico Herbert James Draper.

ESTIRGES

También desde la Grecia antigua nos llegan estas criaturas aladas, que succionaban la sangre de los recién nacidos. Cuando se agarraban a uno de ellos, resultaba prácticamente imposible separarlos, hasta que la estirge satisfacía su sed. Cuando se despegaba, lo normal era que su víctima muriese, desangrada. Según las leyendas griegas, la joven Polifonte fue la primera estirge. Era una joven que despreciaba a los hombres, quería permanecer virgen, y huyó a los bosques para evitar el matrimonio. Afrodita, como castigo (porque la diosa del amor y la procreación se lo tomó como algo personal), hizo que se enamorase de un oso, con quien tuvo hijos. Todos ellos se transformaron en aves de presa nocturnas.

Debido a esta leyenda, Carlos Linneo (quien estableció el sistema de clasificación de las especies durante el siglo XVIII), bautizó como *Strix* al género de aves que incluía a los búhos y las lechuzas.

Tras el ataque y saciarse de sangre, la estirge se sumía en un profundo sueño. Ese era su punto débil, ya que entonces se aprovechaba para cazarlas. La tradición ya decía entonces que, para proteger a los bebés de las estirges, lo mejor era colocar ajos cerca de ellos. Un método que Stoker rescató en *Drácula*.

La estirge, una de las quimeras decorativas de la catedral de Notre Dame de París.

STRIGOI

Volvemos a los Cárpatos con estos seres de la mitología rumana, que sin duda inspiraron a Stoker para su novela (¿eran ellos los mismos *nosferatu* de los que Emily Gerard escribía?). La palabra rumana *strigòi* proviene de las estirges, que hemos reseñado un poco más atrás. En el latín tardío, *striga* pasó a designar un ente oscuro, maléfico y nocturno, y en cada territorio fue tomando su propia personalidad. Por ejemplo, en el italiano actual, un *stregone* es un brujo.

Técnicamente, el primer strigoi de la historia es Jure Grando Alilović (1579-1656) de la región de Istria (hoy parte de Croacia, en su mayoría), ya se le mencionaba como tal en los registros locales de su época. Tras morir, aterrorizó a su pueblo durante 16 años, hasta que los vecinos lo decapitaron.

En un principio, el folclore dacio equiparaba a los strigoi con las almas malignas de los muertos, que salían de la tumba por la noche y se convertían en un animal o en un fantasma para poder causar mal a los vivos. Con el tiempo, se fueron transformando en criaturas sanguinarias que poseían el poder de tomar cualquier forma, e incluso de controlar el pensamiento de las personas. En Rumanía, una *strigoi viu* es una bruja vampira, mientras que un *strigoi mort* es un muerto vampiro. En zonas rurales y alejadas aún se dan casos aislados de *avistamientos* de strigoi.

Una leyenda (para nada probada) dice que Bram Stoker, en los últimos minutos de su vida, no dejaba de pronunciar «strigoi, strigoi» a la vez que señalaba a una esquina de la habitación.

GUAXA O GUAJONA

El folclore asturiano es prolijo en seres sobrenaturales y cuenta con alguno asimilable a los vampiros. Es el caso de la guaxa, una anciana vampiro que por las noches penetra por las cerraduras, por las rendijas de las puertas o por cualquier mínimo resquicio («por donde pasa un soplo de aire pasa la guaxa» dice un adagio local) para clavar su único diente y chupar la sangre de sus víctimas. Estas –niños y ancianos, parece que no se atreve con los más fuertes– van perdiendo su salud poco a poco, días tras día, hasta que mueren sin fuerza, sin sangre. Se dice que hay pociones a base de unicornio capaces de curar a los niños vampirizados: así que mejor cerrar bien las puertas y sellar todas las rendijas. Y también hará menos frío en invierno. En Cantabria, esta maléfica anciana recibe el nombre de guajona.

DIP

La tradición oral catalana ha transmitido la figura del dip, un perro secuaz del mismísimo demonio, de gran tamaño y fiereza, cojo –menos mal, Satanás aprieta pero no ahoga– de una pata y de abundante pelaje negro. Según la leyenda, los dips salían por las noches para saciar su sed de sangre con el ganado... Pero, si se encontraban vagando con algún borracho, caían sobre él y succionaban su alcoholizada sangre. Aunque hace tiempo que no se ve ninguno, el arte ha representado a este perro vampiro a lo largo de la historia, en varios estilos –desde el gótico hasta nuestros días– y su presencia en la obra de los nuevos creadores catalanes sigue vigente.

IMPUNDULU

Son varias las tribus del continente africano con leyendas asimilables a las de los vampiros. Aquí traemos al *impundulu* («ave del rayo»), un ser maligno del folclore zulú, en Sudáfrica. Es un ser relacionado con la brujería, que en la mayoría de las versiones toma la forma del avemartillo, un pájaro que se extiende por toda el África subsahariana, capaz de cazar presas de tamaño medio. El *impundulu* seduce a las mujeres cuando toma forma humana y su sed de sangre es insaciable. Crea truenos y relámpagos con sus alas y garras, y es inmune a las armas de fuego y las armas blancas, tampoco puede ser envenenado ni ahogado, pero su punto débil sería el fuego. Asado está rico, dicen.

AFRIT

Son estos una raza de vampiros del África musulmana, en especial de las zonas desérticas de Egipto o Sudán. Su nombre significa «nómada bebedor de sangre» . Dicen las leyendas del lugar que, cuando una persona es asesinada, el *afrit* acude en forma de espíritu al lugar de la muerte y busca dónde cayó la última gota de sangre. Esto puede durar meses o años, tiempo en el cual se convierten en vampiros de carne y hueso. Los que son asediados por ellos pueden intentar eliminarlos clavándoles una estaca de hierro en el corazón: en eso no parecen ser muy originales. Los *afrit* son criaturas muy antiguas, que ya aparecieron en uno de los cuentos de *Las mil y una noches*. Según otras tradiciones, son genios capaces de hacer el mal, pero también el bien.

BHUTA

Este espíritu vampírico de la India se crea cuando una persona que tiene una deformidad física muere o, también, cuando alguien fallece antes de tiempo (sobre todo en caso del suicidio). Es descrito como una sombra o una luz parpadeante y tiene la capacidad sobrenatural de poseer un cadáver recién fallecido. Una vez que tiene un cuerpo, el *bhuta* («espíritu de la naturaleza mala»), propaga enfermedades y dolencias; sacia su hambre con cadáveres humanos. Lo reconocen porque no proyecta sombra y es muy susceptible al olor de la cúrcuma quemada: si está cerca de la especia durante demasiado tiempo, el vampiro acabará por molestarse e irse por donde vino.

MANDURUGO

Esta es una variedad de *asuang* (una malvada criatura filipina que cambia de forma). La mandurugo es una criatura similar a los vampiros europeos. Suelen ser mujeres jóvenes y hermosas durante el día; pero, por la noche, les crecen alas y lenguas largas y afiladas, que usan para hacer cosas malas (¿podría haber sido de otra manera?): realiza cortes en el cuello de un hombre o aguijonea el interior de su boca mientras lo besa para beber su sangre. A veces, la mandurugo se casa con incautos solterones para aprovecharse de ellos, o se conforma con elegir un marido para emplearlo como tapadera para sus actividades de búsqueda de sangre fresca, y vuela a otras aldeas para alimentarse.

JIANG SHI

Los estudiosos occidentales consideran a estos seres como los vampiros o zombis chinos. De hecho, literalmente se traducen como «cadáver rígido». Un *jiang shi* suele ser el cadáver de quien ha muerto mediante violencia, o cuya alma no ha encontrado reposo tras fenecer. En la cultura china, toda persona, al morir, se divide en dos: su «esencia vital» (*qì*) y el alma (*pò*). Cuando este último no puede abandonar el cuerpo como es debido... aumentan las posibilidades de que se convierta en un *jiang shi*.

¿Cómo son estas criaturas regresadas de la muerte? Como los vampiros europeos, descansan cundo hay sol en un ataúd o se esconden en lugares oscuros, como cuevas y bosques. Se les representa dando grandes brincos, y si tienen suficiente energía *yang* también podrán volar. No buscan la sangre como tal, sino la carne fresca.

Una explicación de la leyenda de los *jiang shi* saltarines se encuentra en la ancestral costumbre de la provincia de Xiang de «conducir cadáveres». Es decir, de llevar en carromatos, y atados a palos de bambú, los cadáveres de los trabajadores muertos para enterrarlos en sus aldeas natales. Lo hacían por la noche, y el traqueteo de aquellos caminos contribuía a la impresión de que esos cadáveres «saltaban».

El cine fantástico chino sigue empleando a los *jiang shi*, tanto que ha generado un subgénero propio, conocido como la «ficción jianshi», con multitud de seguidores. Los del *feng shui* también tienen tarea: según la arquitectura china, han de colocar un trozo de madera de unos 15 cm de alto en la parte inferior de la puerta del hogar para evitar que un *jiang shi* entre en la casa. Mucho más sostenible que una ristra de ajos, sin duda.

PATASOLA

En el folclore colombiano existe una criatura con forma de mujer, con rasgos muy similares a los de una vampira. Es la patasola, cuyo solo nombre da idea de su presencia: es una mujer monstruosa con una sola pierna que termina en forma de pezuña.
La distingue su apetito de carne y de sangre humana: devora cuerpos, chupa sangre. Vive en los bosques y, a los hombres que pasan por su territorio, los seduce tomando la forma de una hermosa mujer. Sin embargo, después los lleva al interior del bosque donde vuelve a su forma de mujer horrible y les chupa la sangre y tritura los huesos con sus afilados dientes. Dice la leyenda que es el alma en pena de una mujer infiel que traicionó a su marido. ¿Servía esta leyenda como aviso a navegantes?

TLAHUELPUCHI

La cultura indígena nahu, en el estado mexicano de Tlaxcala, conserva la leyenda de este tipo de vampiro o bruja, que vive con su familia humana. Estas familias las suelen proteger. Por un lado, por vergüenza: claro, a nadie le gusta que sepan que en tu familia hay un asesino deleznable; pero también, dice la leyenda, porque si un miembro de la familia es responsable de la muerte de la tlahuelpuchi, la maldición pasará a la siguiente generación. Una tlahuelpuchi (en lengua náhuatl «sahumador luminoso») no es una muerta que regresa; en realidad, nace maldita y poco puede hacer por no ser como es. Necesitan darse un banquete de sangre al menos una vez al mes; en caso contrario, morirán: el mundo las hizo así. Su plato favorito son los bebés, pero no hacen ascos a la carne más vieja. Por suerte, el ajo, la cebolla y el metal sirven para alejarlos, como a tantos otros vampiros.

El auténtico Vlad Dracul

Y los orígenes del nombre del conde Drácula

A estas alturas, es probable que ya sepas de dónde viene el nombre de Drácula. O quizá no, y aún pienses que Drácula es sinónimo de vampiro desde el origen de los tiempos. Para nada. Fue Bram Stoker el que se lo inventó, tomando como base un personaje histórico. Bien pudo haber escogido cualquier otro nombre.

SE DICE –y lo puedes creer, hasta cierto punto; pero solo hasta *ese* punto– que Bram Stoker escribió su *Drácula* basándose en la figura histórica de Vlad el Empalador (Vlad Tepes, en rumano), o Vlad III de Valaquia. Sin embargo, Vlad Tepes no era un vampiro, ni estaba relacionado con ese mito. Era, si acaso –y según sus enemigos hisóricos–, un bárbaro, un tipo con la mala costumbre de empalar a sus enemigos. ¿Qué vio Stoker en él, entonces? Más que nada, encontró un nombre, algo casi físico: acústica, fonética, ondas que vibran. *Drá-cu-la*. Ahora nos suena inevitablemente a vampiro, pero hasta que Stoker publicó su novela en 1897, nada relacionaba esa palabra con el mito vampírico (que, ese sí ya existía).

Retrato de tamaño natural de Vlad Tepes en la Galería de los Ancestros de la Casa de Esterházy, fechado en el siglo XVII, expuesto en el castillo de Forchtenstein.

Un nombre exótico

A Stoker le cayó en gracia ese nombre, esa sonoridad. Hasta entonces, había llamado a su personaje «conde Wampyr», sin duda mucho más explícito. Quizá, demasiado explícito, ¿no crees? ¿Qué sería hoy de nosotros si al vampiro más famoso de la historia se le llamase así, «Vampiro»? El vampiro conde Vampiro. Demasiado redundante.

Al parecer, el autor irlandés se topó con el nombre leyendo el libro *Account of the Principalities of Wallachia and Moldavia with Political Observations Relative to Them* (1820), del inglés William Wilkinson, posiblemente durante una estancia vacional en la ciudad portuaria de Whitby. Tampoco en ese libro se hacía mucha mención a la vida del auténtico Vlad el Empalador. Pero sí se mencionaba uno de sus apelativos: Vlad Drăculea.

Drăculea significa «hijo de Dracul», y *dracul* significa «dragón» en rumano. Un poco más tarde llegaremos a por qué recibía ese apelativo, pero ahora nos interesa destacar que, a la par que «dragón», también significa «diablo» o «demonio». Resulta un nombre exótico, con resonancias crueles, malignas, de una zona oscura y remota de Centroeuropa. Stoker tuvo que pensar: «No le des más vueltas, ese es el nombre que necesitas. DRÁCULA. Suena diferente, suena oscuro, tiene sustancia: aprovéchalo».

DRACUL, EL DRAGÓN

El príncipe Vlad de Valaquia firmaba sus documentos en latín como *Ladislaus Dragwlya, vaivoda partium Transalpinarum* (1475). Su patronímico (el nombre propio que denota ascendencia, filiación o linaje) rumano *Dragwlya* (o *Dragkwlya, Dragulea, Dragolea, Drăculea*) es un diminutivo del epíteto *Dracul*, heredado de su padre Vlad II Dracul, porque era miembro de la Orden del Dragón, creada en 1408. En rumano, *Dracul* significa «el dragón». Con el tiempo, la palabra *drac* ha adquirido la connotación de «demonio» (ahora, la palabra para «dragón» es *balaur* o *zmeu*), por lo que algunos se creen que el apodo de Vlad es «el Demoníaco». Para nada. La Orden del Dragón se dedicaba a detener el avance de los turcos otomanos en Europa, un enfrentamiento muy repetido en aquellos tiempos. La famosa batalla de Lepanto (1571) también fue contra el Imperio otomano.

Y es lo que hizo. Subrayemos que a nuestro autor irlandés no le importaba demasiado la biografía de Vlad Tepes –su obra como príncipe, su peso histórico en la zona, su personalidad–, sino el nombre, la aristocracia, la vestimenta asociada a su estirpe (la capa negra), y su otro apelativo, el sanguinario «el Empalador», si bien esto último más por inspiración, ya que en ningún momento, durante la novela, se hace mención a este desagradable *protocolo*. Entonces, ¿está basado el conde Drácula en Vlad Tepes? Sí, pero en la forma, no en el fondo.

La historia tras Vlad el Empalador

Y, ¿quién era el auténtico Vlad Tepes? Pues nada menos que uno de los gobernantes más importantes de la historia de Valaquia y héroe nacional de Rumanía. En la actualidad, la mayoría de los historiadores rumanos consideran a Vlad el Empalador como un soberano fuerte y justo, defensor de la independencia de su país. No se te ocurra visitar esta hermosa región sin saber un poco sobre este poderoso príncipe.

Valaquia, junto con Moldavia y Transilvania, formaba la *Tara Romaneasca*, lo que hoy conocemos como Rumanía. En el siglo xv, los Balcanes eran un lugar convulso –como tantas otras veces a lo largo de la historia–, en el que chocaban dos *placas tectónicas* religiosas: los católicos y los musulmanes, es decir, los turcos. De esas fricciones surgieron numerosas guerras (es más: la chispa de la Primera Guerra Mundial, en 1914, también surgió en esa zona; pero esa es otra historia).

Restos actuales del castillo de Poenari, con sus pertinentes figuras empaladas.

Retrato de Vlad III, copia de un original hecho en vida del príncipe.

Vlad (nacido en 1428 o 1431, no hay registros claros) accedió al trono en 1448, apoyado precisamente por los mismísimos turcos otomanos, desalojando a su primo segundo, Vladislao II. Apenas le duró unos meses, Vladislao regresó más fuerte y recuperó el poder. Ya lo decíamos: tiempos convulsos. Ocho años después, y con el apoyo de los húngaros que le proporcionaron hombres armados, Vlad volvió a Valaquia. Lo interceptó un grupo de soldados comandado por el propio Vladislao. Vlad y Vladislao convinieron enfrentarse en un duelo hombre a hombre, primo contra primo, así se las gastaban antes. Un proceder, por cierto, del cual muchos dirigentes de la historia podrían haber tomado nota, y se habrían salvado millones de vidas y millones de penalidades. Fue en los alrededores de la ciudad de Târgșor. Como podemos intuir, Vlad mató a su contrincante. Vía libre para él.

Un hombre cruel

Vlad III Drácula empezó a designar a plebeyos e incluso a extranjeros para todos los cargos públicos. Tampoco es que fuera un hombre de mente abierta, ecuménico y progresista. Más bien pretendía crear una comitiva de fieles a ultranza, que se supieran en el poder tan solo por la arbitraria elección del príncipe. De igual manera que los nombró, los destituía o incluso ejecutaba a voluntad. Fueron los años de su máximo poder, en los que se forjó su leyenda negra.

Retrato de Matías Corvino, atribuido a Andrea Mantegna, fechado en la segunda mitad del siglo XV.

En una carta, escribió:

> *Cuando un hombre o un príncipe es fuerte y poderoso puede hacer la paz como quiera; pero cuando es débil, vendrá uno más fuerte y le hará lo que quiera.*

Y no tardó en ejecutar a todo aquel que considerase sospechoso de estar en su contra. Las crónicas de su tiempo afirman que cientos o miles de personas fueron ejecutadas por orden de Vlad al comienzo de su reinado.

Por ejemplo, los boyardos (los nobles terratenientes eslavos), que fueron los que derribaron a su padre del poder, sufrieron su ira. Se dice que, en la Pascua de 1459, invitó a doscientos de ellos a una gran cena junto con sus familias. Las mujeres y los ancianos fueron ejecutados, y los demás se convirtieron en mano de obra esclava para reconstruir un castillo junto al río Arges, donde muchos de aquellos boyardos murieron de agotamiento. Hablamos del castillo de Poenari, que Vlad convirtió en su fortaleza.

¿Más muestras del carácter *temperamental* de Vlad Drǎculea? Por ejemplo, cuando el sultán otomano Mehmet II envió a dos emisarios para comunicarle que debía rendirle vasallaje, pero los hizo capturar y empalar (una folclórica costumbre, marca de la casa: nada personal). Una manera expeditiva de lanzar un mensaje; hoy se consideraría de mala educación. Entonces también, posiblemente.

Vlad, el cautivo

Vlad jugaba continuamente a dos bandos: el de los húngaros y el de los otomanos. Había que sobrevivir entre ambas potencias, y con ambas combatía o se entendía según soplara el viento. No le juzguemos por eso: eran tiempos convulsos, decíamos, y para mantener su independencia había que realizar constantes juegos de equilibrios. ¿No es eso la política? ¿No es el pan nuestro de cada telediario? Pero, desde luego, era la manera oportuna de ser considerado alguien molesto por cualquiera de esos vecinos. Así que cuando, en 1462, el rey Matías I de Hungría y Croacia se reunió durante varias semanas con Vlad para llegar a un acuerdo, estas negociaciones terminaron mal. Tanto que el monarca magiar mandó apresar al voivoda valaco… Y se lo llevó a Hungría, ¡donde permaneció 12 años cautivo!

En 1475, por mediación de Esteban III de Moldavia, fue liberado y volvió a subir a su trono en noviembre de 1476. Se comprometió a luchar junto al rey Matías Corvino contra los otomanos, pero murió enfrentándose a las tropas de Basarab III, el voivoda que lo precedió, en enero de 1477. Fue un corto epílogo a su tumultuoso paso por el poder.

Vlad Tepes representado en un grabado alemán del siglo XVI.

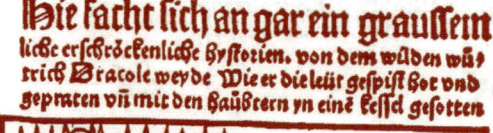

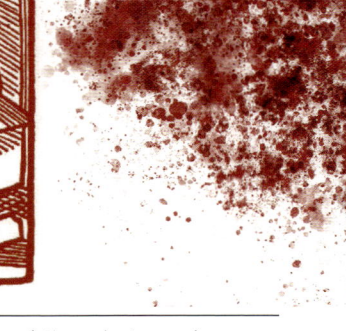

Xilografía sajona de 1499 que muestra a Vlad Tepes cenando los cuerpos de sus víctimas, junto a un bosque de empalados.

La leyenda negra

Los años que Vlad Tepes pasó en prisión fueron los que contribuyeron a su leyenda negra. Los partidarios de Matías I fueron diseminando por Centroeuropa píldoras de su maldad, unas más veraces que otras. Se dijo que sus soldados capturaron y empalaron a 23 000 turcos por los campos de Valaquia, a modo de aviso a navegantes, sin pensar en el trabajo y la capacidad logística que eso suponía. Se le presentó como un sádico, como un monstruo, cuya crueldad superaba la de históricos «locos oficiales», como Calígula o Nerón. La bola echó a andar y a cada vuelta, a cada paso del tiempo, se hizo más imparable. Da igual que muriese, porque a sus expeditivas y sanguinarias maneras (que las tuvo) se le añadieron otras, como las motas de polvo que se pegan a una bola de polvo mayor.

Grabado que representa con detalle a un empalado.

Además, la imprenta de tipos móviles empezó a funcionar en Europa en aquellos momentos (finales del siglo xv), lo que contribuyó a *engrandecer* su fama. Podemos afirmar –con manga ancha– que sus depravadas historias constituyeron uno de los primeros *best-sellers* de la historia. Cuanto más morbosos fueran esos relatos, cuanto más descarnadas las xilografías que los acompañaban, más se vendían. Nada que no conozcamos.

Uno de ellos decía así:

> *Vlad construyó un gran caldero de cobre y colocó una tapa de madera con agujeros en la parte superior. Puso a la gente en el caldero y metió la cabeza en los agujeros y los ató allí; luego lo llenó con agua y prendió fuego debajo de él y dejó que la gente llorara hasta que se hirviera hasta morir. Y luego inventó las torturas espantosas, terribles e inauditas. Ordenó que las mujeres fueran empaladas junto con sus bebés lactantes en la misma estaca. Los bebés lucharon por sus vidas en los senos de su madre hasta que murieron. Luego les cortaron los senos a las mujeres y pusieron a los bebés dentro de cabeza; así los hizo empalar juntos.*

También se crearon leyendas de consumo más local, como la que afirmaba que Vlad III invitó a una gran fiesta en su castillo de Poenari a vagos, maleantes, pobres y cojos, cerró las puertas y dio orden de acabar con ellos, en lo que parece más una versión *gore* del «que viene el lobo», o el sueño húmedo de racistas y nazis *avant-la-lettre*.

Con el tiempo, los historiadores rumanos han ido colocando la figura de Vlad Tepes en un escalón superior, obviando sus desmanes, o matizándolos dentro de las circunstancias y necesidades de su tiempo, y valorando su capacidad para mantener Valaquia como un principado independiente de los otomanos. Cada época juzga a sus antepasados con un vara de medir propia.

Lo que resulta indiscutible es que un buen día (el 26 de mayo de 1897, concretamente), una novela de un escritor irlandés removió la tumba de Vlad III, y lo hizo inmortal para todo el mundo.

Guía de viaje de *Drácula*

Siguiendo (y disfrutando) los pasos del terror

La novela de Stoker hace muchos, muchos kilómetros. Es una sucesión de viajes por y desde Transilvania hacia (y por) Inglaterra. ¿Se puede hacer turismo siguiendo los pasos del vampiro? Por supuesto, y del bueno. Resultará saludable y los precios, al menos en Transilvania, no nos desangrarán. Dejaremos Londres para el final.

DRÁCULA LLEVA NUESTRA imaginación de paseo por un mundo de tinieblas, un paisaje acechado por el mal, mórbido. Pero también nos traslada *físicamente* a lugares remotos. Eso al menos pretendía Bram Stoker: a finales del siglo XIX, los Cárpatos estaban mucho más lejos de lo que lo están ahora. No por cuestiones de tectónica de placas, sino por los aviones, la velocidad (*Velocidad, velocidad, velocidad sin fin / el mundo se desplaza a la velocidad del rayo*, decía Marinetti en uno de sus poemas, pocos años después), por lo que acabará siendo la globalización. Entonces, todo eso estaba aún en pañales. La literatura gótica necesitaba ambientarse en lugares exóticos y la imaginación es gratis y viajera.

Y no solo la literatura; también la ópera –y esos años fueron gloriosos, con Verdi y Puccini en su esplendor, entre otros– llevaba sus mejores obras bien lejos, donde todo pudiera pasar. A veces acababan en Japón (*Madame Butterfly*) o Egipto (*Aída*), pero otras lo exótico empezaba *tan lejos* como en España, que para los creadores europeos era aún un lugar

Panorámica del castillo de Bran.

enigmático, de costumbres ancestrales y suavemente arabizada (Verdi situó en España tanto *Il trovatore* como *La fuerza del destino*, Beethoven hizo lo mismo con *Fidelio*). Lo lejano vendía. Hoy sigue pasando, solo que el mundo, digan lo que digan los geógrafos y los modernos satélites, ha encogido.

Preparemos las maletas

Drácula comienza así:

> *Bistritz, 3 de mayo. Salí de Münich a las 8:35 de la noche del primero de mayo, llegué a Viena a la mañana siguiente, temprano [...]. Budapest parece un lugar maravilloso, a juzgar por lo poco que pude ver de ella desde el tren y por la pequeña caminata que di por sus calles. [...]. Salimos con bastante buen tiempo, y era noche cerrada cuando llegamos a Klausenburg, donde pasé la noche en el hotel Royale. En la comida, o mejor dicho, en la cena, comí pollo preparado con pimentón rojo, que estaba muy sabroso, pero que me dio mucha sed [...]. Como dispuse de algún tiempo libre cuando estuve en Londres, visité el British Museum y estudié los libros y mapas de la biblioteca que se referían a Transilvania; se me había ocurrido que un previo conocimiento del país siempre sería de utilidad e importancia para tratar con un noble de la región. Descubrí que el distrito que él me había mencionado se encontraba en el extremo oriental del país, justamente en la frontera de tres estados: Transilvania, Moldavia y Bucovina, en el centro de los montes Cárpatos; una de las partes más salvajes y menos conocidas de Europa.*

Es decir, parece un diario de viajes. Y en verdad *lo es*, hasta que al pobre Jonathan Harker se le empieza a torcer el viaje por el extraño concepto de hospitalidad de su hospedador: es el diario personal de un agente inmobiliario, que tiene que dejar en casa a su prometida, a cambio de un bien pagado negocio en un lugar extraño. *Drácula* transcurre entre dos imperios: el austrohúngaro y el británico; entre Transilvania e Inglaterra. En el libro no se nombra el lugar exacto donde está el castillo del conde Drácula. Algo que, ya veremos, ha venido muy bien al turismo transilvano.

Lugares principales citados en *Drácula*
(en azul, Transilvania):
1: Whitby.
2: Londres.
3: Exeter.
4: Múnich.
5: Viena.
6: Budapest.
7: Klausenburg (hoy, Cluj-Napoca).
8: Bistritz (hoy, Bistrița).
9: Galatz (hoy, Galați).

Cluj-Napoca (entonces Klausenburg) durante la época del Imperio austrohúngaro.

Hoy muchos nombres han cambiado, al menos los relacionados con Austria-Hungría: aquel Imperio cayó, pasaron dos guerras mundiales. Tras la Primera Guerra Mundial, el tratado de Trianón supuso la unión de Transilvania con Rumanía. Durante la Segunda, la mitad le fue «devuelta» a Hungría, pero al finalizar la contienda, volvieron a las fronteras de 1920. En Inglaterra no han cambiado tanto las cosas: el Imperio británico desapareció como tal, pero la tradición sigue siendo la tradición.

Miedo y comida

¿Empezamos nuestra «guía de viaje draculiana», pues? Debería comenzar por el corazón (de las tinieblas, que diría Joseph Conrad, contemporáneo de Stoker) de la novela. Hay que acompañar a Jonathan Harker en su trayecto hasta el castillo del conde. Sabemos que desde Múnich llega a Viena, lugares bien conocidos de la Europa central, de gran historia y belleza. Allí podemos sentirnos seguros, ni rastro de vampiros. Tras Viena toca Budapest, en lo que parece el típico viaje organizado de las agencias vacacionales actuales. Harker afirma que Budapest le parece «un lugar maravilloso», algo en lo que no podemos estar más de acuerdo. Sin embargo, añade: «La impresión que tuve fue que estábamos saliendo del oeste y entrando al este». Budapest no asusta a nadie, pero ya es otra cosa, nos quiere decir el caballero inglés. Hay otro acento (parecido al de Béla Lugosi, ¿no?), se respira diferente. A ver qué pasa.

Sabemos también que la primera parada de Harker en Transilvania es Klausenburg (hoy Cluj-Napoca), la capital histórica de la región transilvana. En la actualidad es la segunda ciudad más grande de Rumanía, con unos 350 000 habitantes. Allí se aloja en un ficticio hotel Royale en el que ya duerme un poco mal. Ay, Transilvania no es para espíritus impresionables:

> *No dormí bien, aunque mi cama era suficientemente cómoda, pues tuve toda clase de extraños sueños. Durante toda la noche un perro aulló bajo mi ventana, lo cual puede haber tenido que ver algo con ello; o puede haber sido también el pimentón, puesto que tuve que beberme toda el agua de mi garrafón, y todavía me quedé sediento.*

Allí aún perdura, desde la época en que se escribió *Drácula*, un hotel Transilvania en la calle Ferdinand, que se jacta –con permiso, además, de algunos historiadores– de ser en el que se inspiró Bram Stoker (quien, recordemos, nunca estuvo en Transilvania, ni de lejos), puesto que en aquella época se llamaba *Regina Angliei* («La reina de Inglaterra») y tenía cierta fama entre los turistas ingleses. *Si non è vero...* Lo único seguro es que allí Harker degustó un plato de *paprika hendl*, es decir, pollo a la páprika (o pollo al pimentón), un plato fundamental en la

Mapa ferroviario de Europa en 1894.

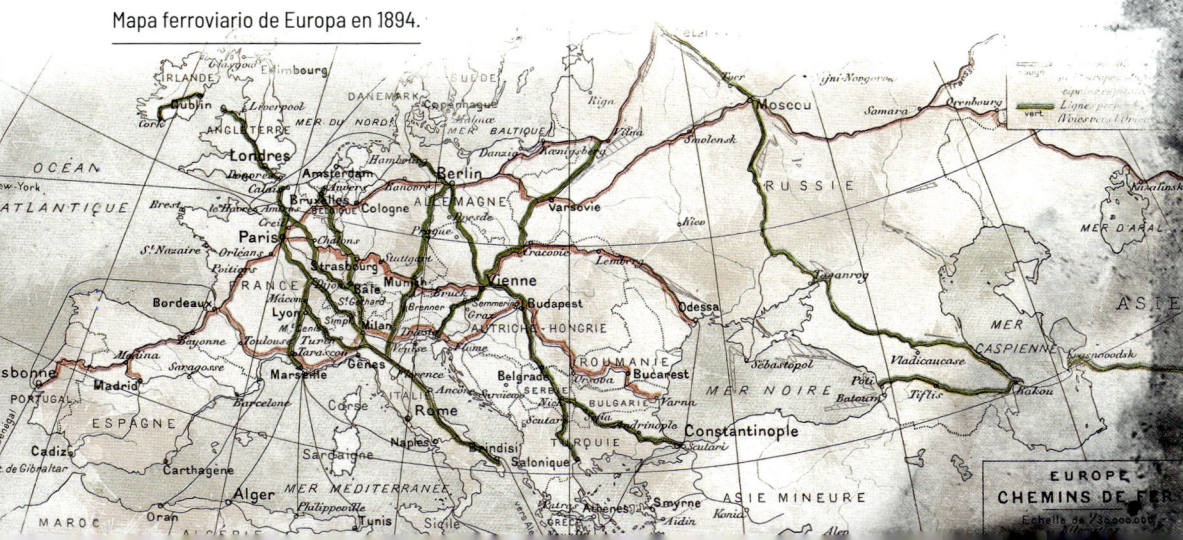

Un mapa de Transilvania del año 1566.

(excelente, por cierto) cocina húngara. Es un guiso delicioso, ligeramente picante; al pollo se le acompaña con cebolla, pimentón, crema agria y… varios dientes de ajo. Quizá si esa noche hubiera llegado al castillo le hubiera ido mejor al bueno de Harker, pero aún andaba lejos.

Al día siguiente se levantó temprano para ir en tren hacia Bistritz, no sin antes meterse entre pecho y espalda un desayuno tan copioso como sabroso: «Una especie de potaje hecho de harina de maíz que dicen era "mamaliga", y berenjena rellena con picadillo, un excelente plato al cual llaman "impletata" (recordar obtener también la receta de esto)». La mamaliga es una masa de color amarillo, similar a la polenta italiana, antaño considerado un alimento de las clases humildes y hoy ascendido a plato tradicional de buen gusto. Hacía bien en tomar fuerzas Harker, puesto que las iba a necesitar en lo sucesivo.

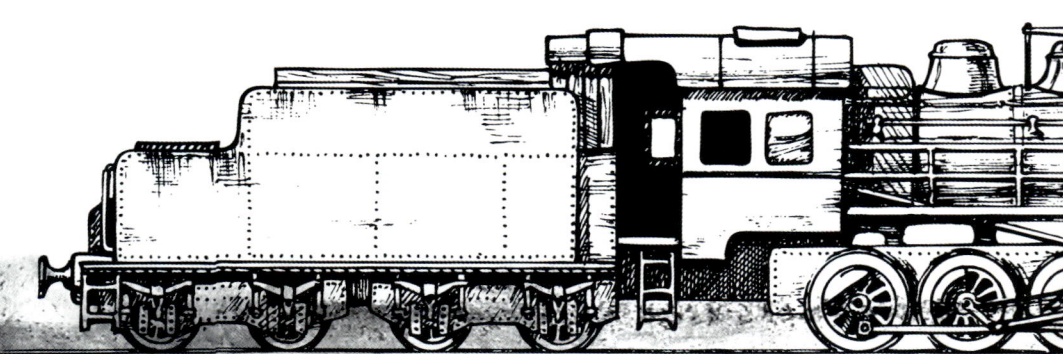

Hacia la Transilvania profunda

Aunque su tren salía a las ocho, Harker empezaba a probar los inconvenientes del *profundo Este*.

> *El tren salía un poco después de las ocho, o, mejor dicho, debió haber salido, pues después de correr a la estación a las siete y media tuve que aguardar sentado en el vagón durante más de una hora antes de que nos pusiéramos en movimiento. Me parece que cuanto más al este se vaya, menos puntuales son los trenes. ¿Cómo serán en China?*

Y es que para un inglés está la impuntualidad y luego ya hablamos de los pecados capitales y demás lugares comunes. Poco le faltaba a Harker para considerar aquello como un pecado tan solo venial. Un no muerto siempre rebaja los humos a cualquiera.

A continuación Parker cruza de oeste a este 100 km del país, se cala el sombrero —si lo hay— de escritor de viajes y detalla en un largo párrafo las impresiones de un inglés en Transilvania.

> *Pareció que durante todo el día vagábamos a través de un país que estaba lleno de toda clase de bellezas. A veces vimos pueblecitos o castillos en la cúspide de empinadas colinas, tales como se ven en los antiguos misales; algunas veces corrimos a la par de ríos y arroyuelos [...]. En todas las estaciones había grupos de gente, algunas veces multitudes, y con toda clase de atuendos. Algunos de ellos eran exactamente iguales a los campesinos de mi país, o a los que había visto cuando atravesaba Francia y Alemania, con chaquetas cortas y sombreros redondos y pantalones hechos por ellos mismos; pero otros eran muy pintorescos. Las mujeres eran bonitas, excepto cuando uno se les acercaba, pues eran bastante gruesas alrededor de la cintura.*

Con los hombres también se despacha a gusto. No podía evitar la mirada colonialista de los ingleses, un tanto por encima del hombro. Tampoco lo juzguemos mal: quien esté libre de ese pecado, que tire la primera piedra.

> *Las figuras más extrañas que vimos fueron los eslovacos, que eran más bárbaros que el resto, con sus amplios sombreros de vaquero, grandes pantalones bombachos y sucios, camisas blancas de lino y enormes y pesados cinturones de cuero, casi de un pie de ancho, completamente tachonados con clavos de hojalata. Usaban botas altas, con los pantalones metidos dentro de ellas, y tenían el pelo largo y negro, y bigotes negros y pesados. Eran muy pintorescos, pero no parecían simpáticos. En cualquier escenario se les reconocería inmediatamente como alguna vieja pandilla de bandoleros. Sin embargo, me dicen que son bastante inofensivos y, lo que es más, bastante tímidos.*

Cuando llega a Bistritz (hoy conocida como Bistrița, en rumano), Harker deja a un lado el disfraz de antropólogo. Se aloja en un hotel llamado

El sol se pone en Bistrița... ¡mucho ojo!

Golden Krone, que le ha recomendado Drácula. Por supuesto, entonces no existía tal hospedaje. Hoy, por supuesto, el turismo no ha dejado pasar esa oportunidad y existe en Bistrița un Golden Krone Resort que aprovecha el impulso de la novela, pero que –esperemos– procura ofrecer un ambiente más acogedor que el que se encontró Harker. Bistrița cuenta ahora con unos 80 000 habitantes y debe su nombre al río que lo atraviesa, que proviene de la palabra eslava *bîstro*, que significa 'rápido'. Ya que estamos, ¿viene entonces la palabra 'bistró' de ese 'rápido' eslavo? Es posible: parece –aunque no es seguro– que los soldados rusos que ocuparon Francia tras las Guerras Napoleónicas se dirigían así a los camareros en los restaurantes demandando una comida rápida.

Y sí, Harker saldrá rápido de Bistrița –pese a que cuenta con un buen museo etnográfico que relata su historia y cultura– porque tiene negocios que atender. En el hotel, los asustadizos dueños le entregan una carta, escrita a mano –si es que se podía llamar así a esa zarpa– por el mismísimo conde. Son las instrucciones de Drácula para llegar hasta su castillo, quien, cuando le interesa, sabe ser de lo más zalamero:

> *Mi querido amigo: bienvenido a los Cárpatos. Lo estoy esperando ansiosamente. Duerma bien, esta noche. Mañana a las tres saldrá la diligencia para Bucovina; ya tiene un lugar reservado. En el desfiladero del Borgo mi carruaje lo estará esperando y lo traerá a mi casa. Espero que su viaje desde Londres haya transcurrido sin tropiezos, y que disfrute de su estancia en mi bello país.*
>
> *Su amigo,*
> *DRÁCULA*

𝕷𝖆 𝖋𝖎𝖌𝖚𝖗𝖆 𝖉𝖊𝖑 𝖈𝖔𝖓𝖉𝖊 𝕯𝖗á𝖈𝖚𝖑𝖆 𝖊𝖘 𝖙𝖔𝖉𝖔 𝖚𝖓 𝖗𝖊𝖈𝖑𝖆𝖒𝖔 𝖙𝖚𝖗í𝖘𝖙𝖎𝖈𝖔 𝖖𝖚𝖊 𝖚𝖙𝖎𝖑𝖎𝖟𝖆𝖓 𝖑𝖆𝖘 𝖆𝖌𝖊𝖓𝖈𝖎𝖆𝖘 𝖉𝖊 𝖛𝖎𝖆𝖏𝖊. 𝕾𝖎𝖓 𝖊𝖒𝖇𝖆𝖗𝖌𝖔, 𝖓𝖔 𝖊𝖝𝖎𝖘𝖙𝖊 𝖓𝖎𝖓𝖌ú𝖓 𝖈𝖆𝖘𝖙𝖎𝖑𝖑𝖔 𝖉𝖊 𝕯𝖗á𝖈𝖚𝖑𝖆 𝖈𝖔𝖒𝖔 𝖙𝖆𝖑. 𝕺 𝖇𝖎𝖊𝖓 𝕾𝖙𝖔𝖐𝖊𝖗 𝖘𝖊 𝖑𝖔 𝖎𝖒𝖆𝖌𝖎𝖓ó 𝖉𝖊𝖑 𝖙𝖔𝖉𝖔, 𝖔 𝖇𝖎𝖊𝖓 𝖙𝖔𝖒ó 𝖆𝖕𝖚𝖓𝖙𝖊𝖘 𝖉𝖊 𝖆𝖑𝖌𝖚𝖓𝖔 𝖗𝖊𝖆𝖑.

Un castillo espectral

Harker se va de Bistriţa ante una multitud que se persigna una y otra vez cuando se enteran que va el encuentro del conde. Y entiende que hablan de brujos, monstruos y vampiros, pero o no se da por aludido o piensa con displicencia de esas pobres gentes. Más bien esto último.

Drácula cita a Harker en el desfiladero del Borgo, un lugar por el que pasa la diligencia que va hacia la región de Bucovina. Es una zona tremendamente boscosa; aun hoy, cuando se alcanza el collado de Borgo (o paso Tihuta, en rumano) desde sus 1201 m altitud se contempla una alfombra verde de coníferas. Está considerado como uno de los bosques más salvajes de Europa: es seguro perderse allí si no vas con guía o con mapas y brújula; la cobertura es débil. Eso sí, los paisajes –si acudes de día, no como el incauto Harker– son de morirse (entiéndase).

En lo más alto de collado, donde Harker dejó el carruaje de correos para que lo recogiera el conde, se encuentra el hotel Castillo del Conde Drá-

En la página izquierda, panorámica del desfiladero del Borgo, con el hotel Castillo del Conde Drácula en la parte central.

cula, otro que tira del mito para atraer a clientes. Bueno, *tiraba*, porque desde hace unos años está cerrado al público. Sus años de gloria fueron los 90 del siglo pasado. Al parecer, es un lugar tan recóndito que ni Drácula puede hacer los milagros necesarios para la viabilidad de un hotel tan grande y alejado. Sin embargo, la zona, como ya decimos, merece la pena ser visitada.

¿Y el castillo? En el desfiladero del Borgo, Harker se sube a una calesa espectral que le envía Drácula, conducida por un cochero no menos espeluznante. Es casi medianoche y no tardan mucho en llegar al castillo donde el conde le recibe con los brazos abiertos:

> *—Bienvenido a mi casa.*
> *¡Entre con libertad y por su propia voluntad!*

Más allá del Borgo están las montañas Călimani, en el sureste. Pero no hay ningún castillo por allí cerca, en nuestro mundo real. ¿A dónde, pues, tenemos que ir?

El castillo de Bran

El viaje hasta el castillo de Drácula es un viaje hasta la imaginación de su único arquitecto, Bram Stoker. El escritor nunca estuvo en Transilvania y lo que hizo fue inspirarse en los libros que consultó en bibliotecas (la principal —y entonces, única— fuente de conocimiento de que disponía). Se cree —y no hay tras esto más que una tentativa por cuadrar el círculo— que Stoker utilizó una ilustración del CASTILLO DE BRAN en el libro de Charles Boner, *Transilvania: Its Product and Its People* (publicado en 1865) para describir el hogar imaginario de Drácula. Sabemos, como hemos visto, que el lugar real más cercano es el desfiladero del Borgo. En el diario de Jonathan Harker aparecen vagas referencias a la arquitectura del castillo:

> *Repentinamente tuve conciencia de que el conductor estaba deteniendo a los caballos en el patio interior de un inmenso castillo ruinoso en parte, de cuyas altas ventanas negras no salía un solo rayo de luz, y cuyas quebradas murallas mostraban una línea dentada que destacaba contra el cielo iluminado por la luz de la luna [...]. En la oscuridad, el patio parecía ser de considerable tamaño, y como de él partían varios corredores negros de grandes arcos redondos, quizá parecía ser más grande de lo que era en realidad. Todavía no he tenido la oportunidad de verlo a la luz del día.*

Pero allí no hay más que una tupida confederación de árboles. ¿Malas noticias para el turista *draculófilo*? No del todo. Mejor dicho: para nada. Se abre la veda para que la imaginación (en ocasiones llamada «interés económico») llene el vacío que Stoker nos generó.

La primera opción es tirar del hilo de esa posible inspiración con el castillo de Bran, a 25 km de Brasov, una ciudad de 250 000 habitantes. Concurren varias ventajas: Brasov está en Transilvania, pero en la frontera con Valaquia, las dos regiones más asociadas a Drácula (Vlad Dracul era valaco y el Drácula ficticio era transilvano: perfecto). Además, resulta una fortificación pintoresca, con cúpulas puntiagudas como colmillos y cruces siniestras en los alrededores. Es una zona con capacidad para albergar turismo —mucho más que la zona del desfiladero del Borgo, con su languideciente hotel clausurado— y las gentes del lugar están encantadas de contar con un motor turístico que dé alegría a la región. Los historiadores parecen coincidir en que es improbable que Vlad Dracul pusiera jamás un pie en su interior, ya que se encontraba en territorio hostil; y el castillo del Drácula literario está en ruinas, en una zona alejada. Bien, adelante: hagamos de él el castillo de Drácula oficial. ¿Quién es la realidad para estropear una bonita —y jugosa— historia?

El castillo de Bran, durante el invierno.

En cualquier caso, esta interpretación del castillo de Bran como la residencia de Drácula es, sin duda alguna, una construcción para el turismo extranjero. La fortificación pertenece a la familia de los Habsburgo (en concreto, a Domingo de Habsburgo-Lorena Hohenzollern y de Borbón, uno de los actuales pretendientes carlistas al trono de España), quienes rechazan esa identificación tan directa con el personaje de Stoker. La administración del castillo de Bran pone a Drácula en un lugar muy secundario en su lista de encantos. Pero el comercio del lugar y los operadores turísticos no están muy de acuerdo con tan hidalga y aséptica idea. Allí, Drácula es sinónimo de vida.

El castillo de Poenari

La otra opción para que nuestro turista *draculófilo* pueda jactarse de haber visitado el castillo de su vampiro favorito es –en el mismo mapa que aún tenemos entre las manos– llevar el dedo unos kilómetros hacia el sur y llegar hasta el CASTILLO DE POENARI, en el valle del río Arges, cerca de las montañas Făgăraş. Nuestra excusa, en este caso, es más histórica que literaria. Aquí sí es seguro que vivió Vlad Dracul, el personaje del que Stoker tomó el nombre de Drácula, quizá también su «noble y rancio abolengo» y… nada más. El voivoda mandó reconstruir

Ruinas del castillo de Poenari, en la región histórica de Valaquia.

Castillo de Hunyad, en Transilvania.

esta fortaleza en ruinas a mediados del siglo xv, supuestamente con la mano de obra de los boyardos que asesinaron a su padre y a su hermano y a los que capturó tras invitarlos a una cena de Pascua (puede ser más cruel –y funcional– que te chupen la energía que la sangre). Desde allí reinó en su territorio.

Sin embargo, el castillo de Poenari es mucho menos visitado. Claro, es una auténtica ruina, con poco que ofrecer comparado con el de Bran, ubicado en una zona escarpada y agreste, con una escasa densidad de población. No faltan, eso sí, muñecos ensartados en postes que flanquean la subida, que nos recuerdan la ferocidad de Vlad Tepes. A medio kilómetro se encuentra un cámping, a los pies del escarpado monte donde cuelga el castillo, para sentirnos como los campesinos que pagaban tributos al voivoda. Este cámping se llama… sí, *Drácula*. Un lector medio lo habrá adivinado, no es para echarse flores.

Los otros castillos

Si bien Bran y Poenari son los castillos que se llevan la palma en el ilusorio concurso de «castillo oficial de Drácula», hay otros que asocian el nombre de la criatura de Drácula con el suyo, por lo que pudiera caer (turistas, subvenciones, ese tipo de seres). Por ejemplo, el castillo de Hunyad (o Corvin), en Transilvania, en el cual estuvo un tiempo retenido Vlad Tepes. Sin embargo, este castillo gótico –con añadidos renacentistas y barrocos– hace de este paso tan solo un pie de página en su amplia historia. Le basta con ser considerado uno de los castillos más bellos del mundo, de esos que aparecen por doquier en complicados puzles y sencillos cuentos de hadas. También existe una copia en Budapest (Hungría), levantada a finales del siglo XIX (justo cuando *Drácula* se publicó).

Otra fortificación europea asociado con la leyenda del vampiro es el CASTILLO DE ORAVA, en Eslovaquia, aunque en esta ocasión por una razón meramente cinematográfica. Nada que ver con el Drácula literario ni con el Vlad Dracul histórico. Pero si algún incauto compra una entrada para el museo de la región de Orava, allí presente, será bien recibido. Es una construcción iniciada en el siglo XIII, pero que ha sufrido varias reconstrucciones debidas a incendios y guerras: fue utilizado por las tropas de Hitler durante la Segunda Guerra Mundial. Antes, en 1922, un alemán más reposado y creativo, el director F. W. Murnau, lo empleó como escenario para su película expresionista *Nosferatu*. Murnau rodó en las ciudades de Wismar, Lübeck, Rostock, Múnich y Lauenberg. Sin embargo, consideraba que no había ningún castillo en Alemania que poseyera las cualidades que buscaba, por lo que cuando supo de este castillo acudió allí con su equipo de filmación.

Castillo de Orava, en Eslovaquia, fue empleado por Murnau como hogar del conde Orlok.

Mucho más lejos, fuera de la Europa continental, se encuentra otra pieza de este alambicado rompecabezas para dar domicilio fijo al noble (por su abolengo, no por sus intenciones) vampiro transilvano. Hay que viajar —volveremos pronto— al CASTILLO DE NEW SLAINS, en la bahía Cruden de Aberdeenshire, en Escocia, cerca de los dominios del irlandés (pero afincado en Inglaterra) Stoker. Aquí sabemos que veraneó —si en Escocia hay algo parecido al verano— el escritor durante la década de 1890 y que conoció estas ruinas. Bram y su familia alquilaron una habitación en el hotel Kilmarnock Arms de Aberdeenshire. Por entonces el castillo se conservaba en mejor estado que el actual, cuando no

Ruinas del castillo de New Slains, en la bahía Cruden, en Escocia.

resisten más que los muros de las fachadas. Fue erigido a finales del siglo XVI, pero cuando Stoker lo conoció, tras sucesivas remodelaciones, era una mansión de estilo neogótico. En la bahía de Cruden situó dos de sus novelas: *The Watter's Mou'* (1895) y *The Mystery of the Sea* (1902). No hay constancia de que también lo emplease como escenario para *Drácula*, pero las fechas y su aspecto decadente casan. Entre sus estancias se encontraba una de planta octogonal, que pudo haber sido la inspiración para la sala octogonal por la que transita Harker nada más llegar al castillo del conde.

Galatz y la carrera fluvial

No olvidemos aún Rumanía, que guarda algún lugar con relevancia en el desarrollo de *Drácula*. Hay una ciudad que aparece citada nada menos que 18 veces en la novela y posee una importancia capital desde el punto de vista logístico: hablamos de Galatz (eso en la nomenclatura alemana empleada en el original, hoy Galați en rumano). Otra ciudad histórica, a orillas del Danubio, muy cerca ya de su desembocadura en el mar Negro. Este es hoy su principal argumento y también el motivo de su aparición en la novela. Galați cuenta con los mayores astilleros y acerías y resulta el principal puerto fluvial del país.

Panorámica del puerto de Galați.

El lago Izvorul Muntelui, formado por las aguas del río Bistrița.

Allí recala el *Czarina Catherine*, el barco que fleta Drácula en Londres para llevar una misteriosa y pesada caja alargada —adivinemos qué podía contener— hasta sus dominios transilvanos. En realidad, el destino era Varna (en la actual Bulgaria), pero el conde se la jugó al profesor Van Helsing y manejó los vientos para empujar al barco hasta Galați. Son los momentos en que la trama se convierte en una partida de ajedrez a distancia, en una *road-movie* por mar y tierra, en la que cada cual puede tomar partido por el bando que desee. Un agotado y acosado no muerto que intenta volver a la tierra donde necesita reposar, contra sus crueles e implacables enemigos mortales, que le quieren arrebatar su preciado don de la inmortalidad de expeditivos y violentos modos; todo por salvar el alma de una joven cuyo cuerpo —aunque solo sea por las noches— desea al vampiro. ¿No te parece, querido lector, que también puede verse así?

De Galați parten por el río Siret (afluente del Danubio) hasta el río Bistrița (afluente del Siret), que es el caudal de agua más cercano que pasa por el desfiladero del Borgo. Un recorrido entre las montañas transilvanas que asusta a los ojos. No por miedo, sino por belleza. El síndrome de Stendhal haría de las suyas en ciertos recodos del viaje. El lago Izvorul Muntelui aún no se había construido cuando los protagonistas cruzan el valle flanqueado por las suaves montañas de los Cárpatos orientales, de inviernos blancos y primaveras verdes. Ellos se lo perdieron, pero nosotros podemos visitar esa zona muy apreciada para el turismo relajado, que busca senderismo, deportes de montaña y náuticos.

Horror en la apacible Whitby

Dejamos al vampiro y a la comunidad de las estacas a los pies de los Cárpatos y que sea lo que Dios y el Diablo quieran. Nosotros volvemos a Gran Bretaña, donde hemos dejado lugares que cubrir en esta guía de viaje de (o por) *Drácula*. Allí sucede buena parte de la novela, entre la capital londinense y una pintoresca localidad del norte de Inglaterra, en el condado de North Yorkshire.

Whitby es algo más que uno de los principales escenarios de *Drácula* (41 citas en la novela). Como ya hemos visto, era el lugar de vacaciones habitual de la familia Stoker, donde Bram empezó a bosquejar la trama y en cuya biblioteca pública encontró referencias a Vlad Tepes y la historia de Transilvania. Y no solo eso: como buen periodista que había sido, se empapó de conversaciones con marineros sobre leyendas locales, esbozó mapas y escenarios de la ciudad y creó un glosario del dialecto local, al que luego dio buen uso. También allí, Stoker asistió (o supo por la prensa), en una tormentosa noche de agosto de 1895, al encallamiento del navío ruso *Dmitri*, que como sabemos recicla para la

trama. Porque Drácula no desembarca allí por casualidad: es el lugar de vacaciones de Mina y su amiga Lucy. Sabían lo que se hacían, porque hoy el turismo sigue abundando en la zona, tanto como la pesca.

> *Las casas del antiguo pueblo tienen todas tejados rojos, y parecen estar amontonadas unas sobre otras de cualquier manera, como se ve en las estampas de Nüremberg. Exactamente encima del pueblo están las ruinas de la abadía de Whitby [...]. Es una ruina de lo más noble, de inmenso tamaño, y llena de rasgos bellos y románticos; según la leyenda, una dama de blanco se ve en una de las ventanas. Entre la abadía y el pueblo hay otra iglesia, la de la parroquia, alrededor de la cual hay un gran cementerio, todo lleno de tumbas de piedra. Según mi manera de ver, este es el lugar más bonito de Whitby.*

Mina describe Whitby con el mismo entusiasmo que los urbanitas de hoy se refieren a cualquier rincón no asfaltado y rodeado de edificios de menos de diez metros de altura. Pero Whitby es bonita, cierto, y no solo por su fantasmal abadía. Un arco formado con los huesos de la mandíbula de una ballena recuerda el pasado de Whitby como parte de la industria ballenera y sirve para enmarcar la mejor estampa de la ciudad, que cuenta también con una estatura del célebre marino y explorador James Cook, que se inició aquí en las artes marineras.

El río Esk fluye a través del puerto de Whitby.

«Vampiros» asistentes a la WGW, frente la abadía de Whitby.

EL FESTIVAL GÓTICO DE WHITBY

Si Dublín tiene su Festival Bram Stoker, Whitby no iba a ser menos y allí se celebra la Whitby Goth Weekend (la WGW para los amigos, o Semana Gótica de Whitby). En realidad, *las semanas*, puesto que visto el éxito se celebra dos veces al año: una en abril y la otra, en pleno Halloween. Es un evento con la música gótica como atractivo principal y a la que, en principio, acudieron aquellos atraídos por la subcultura gótica (y no tanto amantes del gótico literario). Con el paso de los años y su popularización se ha abierto a los disfraces victorianos, a punkis y varios tipos de subculturas alternativas.

Los asistentes no se privan de visitar las ruinas de la abadía de Whitby y el cementerio: la celebración del festival en esta ciudad no es casual. No sabemos los gustos musicales de Drácula, pero el gótico musical es más de los años 80... del siglo XX. Para entonces, en teoría, ya estaba *sí muerto*.

La ciudad muestra con orgullo, pero sin pasarse, su relación con Drácula: su peso turístico no depende del vampiro, es una ciudad balneario de rancio abolengo. Y no solo eso: es un «santuario» de fósiles, desde los sencillos amonites hasta esqueletos enteros de pterodáctilos. Pero, por supuesto, no faltan los guías turísticos que ofrecen *Whitby Walks* («paseos de Drácula») por la ciudad, ni tiendas de regalos, postales y chucherías vampíricas. ¿Recuerda alguien esos dientes de vampiro con sabor a fresa de la infancia? Pues los hay, a mansalva.

Otro punto de interés para el turista draculófilo es la escalera de 199 peldaños que sube el acantilado que separa el lugar del naufragio del *Deméter* a la iglesia de Santa María, el cementerio y la abadía de Whitby. Este es el camino que tomó el enorme perro negro que bajó del barco —venga, para los menos avispados: el mismísimo Drácula transformado— para llegar hasta el promontorio, que equivale a subir a un edificio de 12 plantas. El esfuerzo, a quien se anime, le merecerá la pena, no solo

La abadía de Whitby está flanqueada por un cementerio.

por las vistas que se disfrutan desde un antiquísimo banco (que aparece descrito en la novela y en el cual se sentó, a buen seguro, Stoker). En el cementerio se encuentran las lápidas con los nombres de marineros muertos en alta mar, y cuyos apellidos tomó prestados Stoker para algunos personajes: el bueno de Bram no le hacía ningún asco a lo que le realidad le presentaba.

Lo mejor de Whitby, en cualquier caso, es su abadía, seas draculófilo o no: por el emplazamiento donde se halla, porque es una aristócrata de las ruinas. El primer monasterio se erigió nada menos que en el año 657 y hacia 1220 se refundó con arquitectura gótica. Sin embargo, en 1540, el afamado rey Enrique VIII afiló sus colmillos contra la iglesia católica y ordenó la disolución de los monasterios. Es decir, confiscó los bienes de las instituciones de la Iglesia católica en Inglaterra, y la abadía de Whitby –como tantas otras– terminó como mina de piedra, pasto del abandono y del vandalismo. Es una ruina venerable desde hace siglos y, aunque no le hacía falta, la Primera Guerra Mundial le aportó más destrucción e historia, al ser bombardeada por dos cruceros de batalla

La escalera de los 199 escalones, que sube hacia la abadía de Whitby.

alemanes. Ahora bien, el tiempo –o la ruinofilia, que la hay– la han convertido en un monumento más singular aún que si se mantuviera en pie.
Stoker dedica un buen número de páginas a escenas que suceden bajo
su sombra (lunar).

> *Había una luna llena, brillante, con rápidas nubes negras y*
> *pesadas, que daban a toda la escena una diorama de luz y*
> *sombra a medida que cruzaban navegando; por unos instantes*
> *no pude ver nada, pues la sombra de una nube oscurecía la*
> *iglesia de Santa María y todo su alrededor. Luego, al pasar la*
> *nube, pude ver las ruinas de la abadía que se hacían visibles;*
> *y cuando una estrecha franja de luz tan aguda como filo de*
> *espada pasó a lo largo, pude ver a la iglesia y el cementerio de la*
> *iglesia aparecer dentro del campo de luz. Cualquiera que haya*
> *sido mi expectación, no fue defraudada, pues allí, en nuestro*
> *asiento, la plateada luz de la luna iluminó una figura a medias*
> *reclinada, blanca como la nieve.*

Londres, el retiro dorado del vampiro

Y por fin llegamos a la capital del reino. A Londres quiere viajar –más
que viajar: mudarse– a iniciar una nueva vida. Cansado, quizá, de la
frialdad emocional de los Cárpatos –tampoco Londres es el trópico–,
en busca de nuevas emociones o, según algunas interpretaciones, de un
amor atávico por Mina. Una crisis existencial la tiene cualquiera y los
400 años son los nuevos 40. Bueno, Drácula lo explica así:

> *Estos compañeros –dijo el conde, y puso su mano sobre unos*
> *libros– han sido muy buenos amigos míos, y desde hace*
> *algunos años, desde que tuve la idea de ir a Londres, me han*
> *dado muchas, muchas horas de placer. A través de ellos he*
> *aprendido a conocer a su gran Inglaterra; y conocerla es*
> *amarla. Deseo vehemente caminar por las repletas calles de su*
> *poderoso Londres; estar en medio del torbellino y la prisa de la*
> *humanidad, compartir su vida, sus cambios y su muerte, y todo*
> *lo que la hace ser lo que es.*

La propiedad que ha comprado el conde, y por la que Jonathan Harker acude a Transilvania para firmar los acuerdos –lo bien hecho, bien parece– está en realidad en Purfleet, una localidad a unos 25 km al este de Londres, y también bañada por el Támesis. Es un lugar del cual no hay demasiado que decir, fuera de ser el domicilio fiscal del vampiro por antonomasia durante unas semanas. La casa que se compra aquí tiene un nombre: Carfax.

> *En Purfleet me encontré con un lugar [...] en venta. Está rodeado de un alto muro, de estructura antigua, construido de pesadas piedras, y que no ha sido reparado durante un largo número de años. Los portones cerrados son de pesado roble viejo y hierro, todo carcomido por el moho. La propiedad es llamada Carfax, que sin duda es una corrupción del antiguo Quatre Face, ya que la casa tiene cuatro lados, coincidiendo con los puntos cardinales [...]. El lugar tiene muchos árboles, lo que le da un aspecto lúgubre, y también hay una poza o pequeño lago, profundo, de apariencia oscura...*

Placa delante de la demolida Purfleet House, en Purfleet, que avisa que esa *podría ser* la Carfax House de Stoker.

Sobre un mapa antiguo, las ciudades de **1.** Londres, **2.** Purfleet, **3.** Whitby y **4.** Exeter.

El Purfleet de hoy carece de sustancia turística. Sin embargo, nada más bajar de la estación de tren nos encontramos con un cartel informativo que reza: *¿Sabías que el conde Drácula vivió en Purfleet?* Además, en Purfleet existió una Carfax House. ¿La utilizó Bram Stoker como base para la Carfax de Drácula? En realidad, la casa se terminó en 1900, tres años después de la publicación del libro. ¿Pasó Stoker por la localidad, vio la casa en construcción y la empleó para su obra? Podría ser… pero no hay constancia. Lo que sí es seguro es que el edificio de ladrillo rojo

de dos plantas se demolió en 1990, quizá porque sus propietarios estaban hartos de que, cada vez que la televisión británica emitía un programa sobre Drácula, su casa tuviera visitas indeseadas. En cualquier caso, esa casa tenía el nombre, pero no las hechuras. Si buscamos la inspiración arquitectónica, esa pudo ser la de Purfleet House, un recinto amurallado con estanque y capilla privada, como el Carfax de la novela (esa capilla, literalmente, le «alegraba» a Drácula, aunque la empleó para meter sus ataúdes con tierra sagrada –para él– transilvana, no para rezarle al Altísimo). No es que hayamos podido ver la casa, sino que hay fotografías de principios del siglo xx, que certifican además que era la única casa con capilla de la zona. En 1920 fue demolida, y aquellas piedras sirvieron para levantar una sencilla parroquia dedicada a San Esteban: de acoger al Diablo a albergar a Dios solo hay, en ocasiones, la firma de un concejal de Urbanismo.

No es del todo seguro que aquella Purfleet House fuera Carfax House, pero las similitudes lo hacen plausible y allí se ha colocado una placa para que el turista draculiano dispare sus selfis. Tampoco es seguro que Ordinance House sea el manicomio del doctor John Seward, pero

❖

El conde Drácula era todo un caballero a la hora de pagar sus inversiones inmobiliarias. En apenas unas semanas compró cuatro fincas en Londres y sus alrededores. Todo con tal de tener a mano su tierra sagrada cuando amaneciese.

Regent Street, en Londres, muy cerca de Piccadilly Circus.

hay indicios, por la cercanía y la construcción. Seward trataba a sus pa-
cientes en un manicomio muy cercano a Carfax (se veían entre sí desde
las ventanas), entre ellos al célebre Renfield, el loco del que se servía
Drácula como diabólico criado. Esa Ordinance House fue demolida en
1970. Existe también un Purfleet Heritage Centre, un centro de interpretación local donde se habla de la historia del pueblo… y también de
Drácula, claro.

El dandi Drácula

Pero Drácula duró poco en Purfleet. Al menos, pronto decidió comprar-
se otra propiedad, esta vez en pleno corazón de Londres. No sabemos
si su pensión le daba para mucho —tiempo tuvo para ahorrar— o de qué
maneras contaba con tales fondos, pero pagó en efectivo —haciéndose
pasar por un tal conde De Ville. No digamos, por cierto, que carecía
de retranca el vampiro: *con-de-vil* (*devil* significa 'diablo' en inglés). Y

Fotografía de Piccadilly hacia 1895, justo en la zona donde Drácula compró su casa, frente a Green Park.

quien no se haya enterado, que hubiera espabilado. Fue en el número 347 de Piccadilly, en el West End; una numeración que no existía ni existe, puesto que la calle solo cuenta con 229 números. Stoker se guardó bien de señalar casa alguna como la residencia del vampiro, como si intuyese de algún modo la repercusión que eso hubiera podido tener. Ahora bien, sí se explicita en la novela que la nueva propiedad del conde estaba frente a Green Park y cerca de la joyería Giuliano. Esto podría corresponder con los actuales números comprendidos entre el 105 y el 140 de Piccadilly, si bien poco de lo que existía en 1897 se conserva ahora. Los más atrevidos dicen que la casa de Drácula podría ser el número 138 actual.

> En Piccadilly Circus me apeé y me dirigí caminando hacia el oeste; después de pasar el Junior Constitutional, llegué ante la casa que me había sido descrita y me satisfizo la idea de que se trataba del siguiente refugio que había escogido Drácula. La casa parecía haber estado desocupada durante mucho tiempo. Las ventanas estaban llenas de polvo y las persianas estaban levantadas. Toda la estructura estaba ennegrecida por el tiempo, y de las partes metálicas la pintura había desaparecido.

A esa dirección, en cualquier caso, llevaron nueve de las 50 cajas con tierra que Drácula se llevó consigo desde Transilvania a Inglaterra. Primero, todas a Carfax, donde dejó 29; desde allí las fue trasladando a Piccadilly, al número 197 de Chicksand Street (seis cajas), en el East End y otras seis a Jamaica Lane, un barrio al sureste de Charing Cross. Su plan por disfrutar del Londres victoriano pasaba por procurarse varios refugios seguros; es decir, ataúdes donde reposar cuando el sol picase alto. Pretendía, al parecer, establecer una red de «hoteles cápsula» con lo justo para pasar la noche (perdón, el día). Esas cápsulas, apenas algo más espaciosas y limpias, ya existen en la mayoría de las grandes ciudades, y cobran lo suyo por pasar la noche. ¿Enseñó Drácula el camino a la especulación inmobiliaria? Nuestro dinero es nuestra sangre para según qué vampiros.

Otro vértice de la guía de viaje de Drácula por Inglaterra es la bella ciudad de Exeter, al suroeste de Inglaterra, en el condado de Devon. Un lugar de historia milenaria, en el que Mina y Jonathan Harker fijan su residencia tras la muerte del señor Peter Hawkins, de quien heredan su casa y el negocio inmobiliario. Allí siguen viviendo, felices y sanos, con la tensión sanguínea adecuada: al menos eso podemos creer, en el metaverso literario. Para suerte de los habitantes de la ciudad, Drácula, aparentemente, nunca puso sus pies por allí. Nosotros cerramos, a la sombra de su deslumbrante catedral, nuestro *terrorífico* viaje. Todos sanos y salvos, ¿verdad?

Catedral de Exeter.

Lo que el cine le dio a Drácula

Cómo una novela no muy popular se convirtió en un éxito

Drácula y el conde Drácula son hoy mitos de carácter universal; pero no lo habrían logrado sin la aportación del cine. El empuje del Séptimo Arte resultó fundamental para ello, y dos películas —cada una, a su manera— fueron las más importantes para ello: *Nosferatu, una sinfonía del horror* (1922) y *Drácula* (1931).

AL IGUAL QUE sabemos que Bram Stoker enriqueció al mito vampírico; podemos afirmar que el cine enriqueció a *Drácula*. Nada habría sido igual sin el poderoso efecto del mayor espectáculo de la sociedad de masas. Stoker murió, como hemos visto, sin apenas reconocimientos como escritor. *Drácula* era una más de sus obras; leídas, sí, pero faltas de una pátina de prestigio. Hasta que el cine dio el paso necesario y puso sobre el vampiro su luz (tenue, por supuesto).

¿Por qué en 1897 la novela pasó inadvertida para el cine y no llegó al gran público hasta la década de 1920? Respuesta obvia, *perogrullesca*: porque en 1897 el cine estaba en pañales. O más aún, en la incubadora, La primera proyección pública comercial de la historia, llevada a cabo por los hermanos Louis y Auguste Lumière, fue el 28 de diciembre de 1895. Eran pequeños cortometrajes de menos de un minuto de duración; planos fijos, sin montaje. Es decir: el cine no fue un arte que se creara en un día. Fue indagando en su capacidad y sus recursos. Los hermanos Lumière plasmaban la realidad en unos segundos; Georges Méliès jugaba con la realidad en montajes de unos minutos; pero casi hasta 1915, con D. W. Griffith y *El nacimiento de una nación*, el cine no fue consciente de su capacidad para narrar historias. ¿Se hubiera hecho rico Stoker de haber escrito su *Drácula* 15 o 20 años más tarde? Es muy probable. Ay, el don de la oportunidad, qué caro se vende.

Durante unos cuantos años, el cine era poco más que una atracción de barracas de feria. El público urbanita y cultivado miraba esa forma de espectáculo un tanto por encima del hombro, por lo que algunas productoras empezaron a adaptar obras literarias para «elevar» las temáticas de las películas. Por ahí encontraron la novela de Stoker. Amor, fantasía, terror... ¿Se podía desear algo más? Sí: además, el autor estaba muerto.

La controversia

Albin Grau, el impulsor de *Nosferatu*.

Alemania, años 20. Tras la Gran Guerra llega la paz y el resurgir de las artes. En boga está el expresionismo, movimiento del cual Alemania es una gran potencia. En el cine, se ruedan películas como *El Golem* (Paul Wegener, 1914) o *El gabinete del doctor Caligari* (Robert Wiene, 1919), de las cuales aún seguimos hablando en pleno siglo XXI. En enero de 1921 se constituye un productora, con el nombre de Prana Films (del sánscrito *prana*, respiración, que sabrán los aficionados al yoga). Normal, uno de sus fundadores es Albin Grau, un notable artista (arquitecto, pintor, diseñador de escenarios) muy influido por el ocultismo y todo lo que venga de sitios lejanos. Es él quien lee *Drácula* (que ya había cruzado el Canal de la Mancha, traducida al alemán) y piensa que ahí hay una película ideal para su adaptación y para sus intereses: fantástica, oscura, sugerente. Junto con su socio, Enric Dieckmann, elige a un director alemán que ya despunta: Friedrich Wilhelm Murnau (cuando muera en 1931 en un accidente en la Ruta Estatal 1, la conocida carretera californiana, será ya uno de los más famosos directores de la historia; y aún hoy).

La película se rueda con un presupuesto muy ajustado, pero el talento de Murnau lo puede todo. Filman en exteriores, cosa poco habitual por entonces; de esa necesidad hacen virtud, porque luego se ganará aplausos

Uno de los carteles publicitarios de *Nosferatu*, que diseñó el propio Albin Grau.

por tan *arriesgada* propuesta. Bueno, por esto y por más. Con el tiempo se ganará el título de uno de los títulos fundacionales del cine de terror, y de obra maestra, sin más. Pero antes, vienen curvas.

El camino recto es el que creen tomar Grau y Dieckmann: hemos cambiado el nombre de *Drácula* a *Nosferatu*, el del conde Drácula por conde Orlok (una mezcla de la palabra húngara *órdög*, 'diablo', y la eslovaca *vrolok*, 'vampiro' u 'hombre lobo'), también el del resto de personajes… Mantenemos Transilvania, sí, pero Londres cambia por la ciudad alemana de Wisborg, que, además... ¡No existe! Por si fuera poco, hay pequeños cambios en la trama. ¿Qué puede ir mal? ¿A quién le va a importar si, además, el autor está muerto en la lejana e insular Gran Bretaña, que nos acaba de ganar una sangrienta guerra?

Pues le puede importar a su viuda, por ejemplo. Que quiere dinero. Que quiere justicia. Más o menos por igual.

El conflicto

El 4 de marzo de 1922 se estrena, en el salón del zoológico de Berlín, *Nosferatu, Eine Symphonie des Grauens* (*Nosferatu, una sinfonía del horror*) y semanas después, alguien le hace llegar a Florence Stoker unas muestras del programa del estreno. En el mismo, se dice alegremente que se trata de una adaptación de *Drácula* de Bram Stoker. Y, claro, la viuda entra en cólera. Habían despertado a un monstruo, pero este, de carne y hueso. Y con sus justificadas razones.

La Sala de Mármol del zoológico de Berlín (aquí en una postal de 1900), fue el lugar de estreno de *Nosferatu*.

EL PRIMER CONDE EN EL CINE

Hemos dicho que la primera película que adapta la novela *Drácula* al cine es *Nosferatu*, y no mentimos. Pero no decimos toda la verdad si obviamos que la primera producción *en la que aparece* el conde Drácula es otra: *Drakula halála* (traducido del húngaro, *La muerte de Drácula*). En primer lugar, como corresponde al asunto, el misterio: es una película perdida. Hay constancia de que existió, pero no queda copia alguna. Las poca copias que había se perdieron durante la Segunda Guerra Mundial. Hay quien alberga esperanzas de que algún día aparezca una copia en algún almacén oscuro... pero, de momento, solo son eso, esperanzas. La película se estrenó –eso parece– en 1921 en Viena y en Budapest –de esto hay constancia– en 1923.

Portada de la adaptación novelada del guion.

Sabemos de la trama porque se editó, al poco tiempo, un relato corto escrito por Lajos Pánczél (a la sazón, amigo de Béla Lugosi). Y, en efecto, la trama difiere mucho de la novela, como si se hubiera anticipado a los problemas que tendría la película de Grau y Murnau (bastaba con aplicar el sentido común). La protagoniza una joven de 16 años, que sufre una pesadilla en la cual Drácula la lleva a su castillo y quiere casarse con ella; también hay enfermos mentales, uno de los cuales se cree inmortal como el vampiro.

El actor Paul Askonas, caracterizado como Drácula.

Es una película muda de 65 minutos, dirigida por el actor y director húngaro Károly Lajthay y con Paul Askonas en el papel de Drácula. Y, dato importante para cinéfilos, los indicios apuntan a que fue coescrita –junto con el director– por Mihály Kertész, guionista de origen judío que en 1926 emigró a Estados Unidos. Allí cambió su nombre por el más americano Michael Curtiz: sí, el director de *Casablanca* (1941).

Ya antes de morir Bram la familia había tenido que dejar su lujosa casa con amplio jardín en el adinerado barrio de Chelsea. Ahora, la viuda vive en una apartamento modesto y, a sus 64 años, el legado de su marido supone su única fuente de ingresos. Y *Drácula* –poco a poco el resto de la obra de Bram va cayendo, pero *Drácula* se mantiene, incluso sube) es lo que la separa de la miseria. Así que pronto se inscribe en la Sociedad de Autores, a la que pide denunciar a Prana Films. Y, un poco a regañadientes, lo hacen.

A regañadientes porque es una denuncia en un país lejano, con pocas probabilidades de prosperar, hay que contratar allí un abogado, eso cuesta dinero… Y oiga, le vienen a decir, usted acaba de empezar a pagar y ya pide por todo lo alto: haberse apuntado antes. Cada cual con sus razones, pero Florence interpreta muy bien el papel de jubilada insistente e indignada. Además, conserva ciertos contactos, sabe jugar sus cartas. Que se prepare *Nosferatu*.

Mientras, en Alemania, Prana Films, entra en liquidación, porque el faraónico Albin Grau se había gastado más de lo que podía permitirse. Por eso, cuando les llega la demanda, tampoco se inmutan: llueve sobre mojado. Los tribunales alemanes, al menos, le dan la razón a la demandante. ¡Si es que *Nosferatu* está basada en el libro *Drácula*, no hay más que hablar! Pero Prana Films no tiene dinero, y lo que se incauta de la recaudación de la película –que se va estrenando por Europa con cierto éxito– sirve poco más que para pagar la minuta del abogado. La pobre Florence no va a ver ni un marco –una moneda que, además, por la hiperinflación alemana, fuera de su país apenas vale nada–, así que no se da por vencida.

Muchos lo ignoran pero, al principio, fue el teatro (y no el cine) el que aprovechó la tenebrosa fuerza de Drácula. Fue una adaptación sencilla pero efectiva (y efectista), que apostaba por dar sustos fáciles, aquello que el público buscaba.

EL TERRORÍFICO SCHRECK

En este recuadro, por partida doble, Max Schreck (1879-1936), el actor que da vida al conde Orlok en *Nosferatu*. A la derecha, en una imagen hacia 1916, en la que vemos su rostro serio y anguloso, pero aún lejano al del vampiro de tenebrosa apariencia que le confirió el maquillaje. Arriba, a bordo del *Deméter*, donde no deja títere con cabeza antes de llegar a Wisborg.

En la película, según transcurría la acción, se le iban alargando los dedos con una masilla, para hacerlos más repugnantes. Las escenas nocturnas de interiores se filmaban de día, y luego en el montaje se tintaron de azul. Hubo «efectos especiales» muy recordados, como secuencias en *stop motion*, o el momento en el que Orlok se levanta de su tumba, como un resorte.

Muchas curiosidades y leyendas acompañaron a Schreck hasta su muerte. En primer lugar, se pensaba que Schreck ('terror', en alemán) era un apodo; pero no, era su apellido real. Con el tiempo, su figura y su nombre se han hecho un hueco en la cultura popular. Como muestra, baste decir que en la película *Batman Returns* (Tim Burton, 1992) hay un villano con su nombre , que en la producción *La sombra del vampiro* (E. Elias Merhige, 2000) el actor Willem Dafoe le da vida, e incluso aparece en series infantiles como *Bob Esponja*.

A la izquierda, el director de cine alemán Friedrich Wilhelm Murnau, durante su época americana. Arriba, Placa conmemorativa de la película *Nosferatu*, en Wismar (Alemania).

Su siguiente paso será solicitar la destrucción de la película. Y, en 1925, la justicia alemana ordena quemar todas las copias. Tranquilos: sabemos cómo acabará esto. Muchos de nuestros lectores habrán visto *Nosferatu*, la obra maestra está a salvo. Pero sí es cierto que se destruyen la mayoría de copias. Sin embargo, un vampiro puede convertirse en niebla, entrar y salir por cualquier rendija… Y esconderse de la justicia, si hace falta.

Alguna copia sobrevivirá. Para más inri, meses después, un club cultural londinense anuncia que va a proyectar, para sus socios, la película *Drácula* (sí, *Drácula*, ni siquiera *Nosferatu*), de F. W. Murnau. La pobre y atribulada Florence consigue frenar eso, pero es un hecho que el vampiro ha traspasado fronteras y su peste –y su arte, para nosotros, los afortunados espectadores– es imparable.

La hora del teatro

No dejemos a nuestra Florence en la estacada (en este libro las estacas son para otra cosa). Démosle un salida, un sustento, algo a lo que agarrarse. Es la hora del teatro.

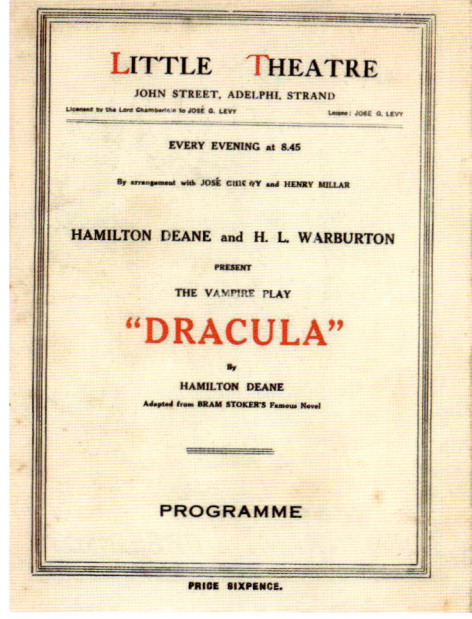
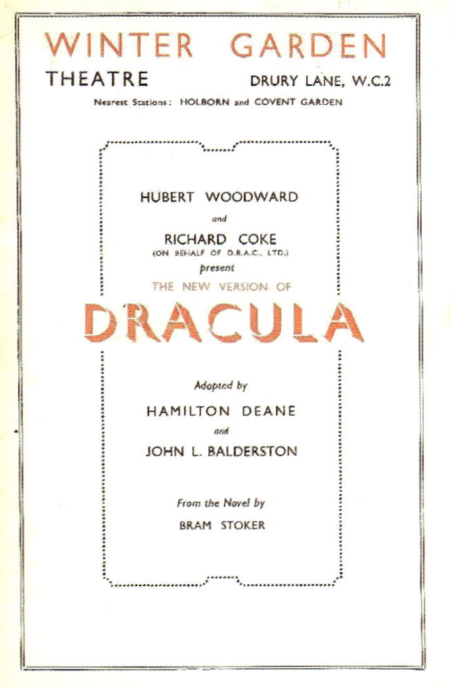

Dos programas teatrales de *Drácula*: a la izquierda, la de una representación en Londres en 1927. A la derecha, una representación en Nueva York, en 1939.

Porque las tablas tienen también un gran papel en la configuración de Drácula como personaje universal (y doblemente inmortal). En 1924, en plena guerra Florence Stoker vs. Prana Films, el actor y director teatral británico Harold Deane (años atrás, actor de la compañía de Henry Irving) tuvo la feliz idea de pedirle a la viuda los derechos de Drácula para hacer una versión teatral. La novela iba alcanzando la consideración de «clásico moderno» y el asunto, tan morboso, podía dar juego (es decir, espectadores). En este caso, la anciana dio su visto bueno y se garantizó unos ingresos.

Deane realizó una adaptación en la que se eliminaban muchos pasajes —sobre todo, claro, los vaivenes entre Transilvania y Londres— y se quedaba con lo más tenebroso, con los sustos. Tampoco era un gran escritor y sus diálogos carecían de estilo. ¡Pero qué importaba eso! El público al que se dirigía no era el refinado de los mejores teatros de Londres, sino

Izquierda: el dramaturgo inglés Harold Deane.
Derecha: Raymond Huntley, uno de los primeros
Drácula en el teatro.

otro más popular, menos selecto. Su compañía era itinerante: la idea era darse a conocer por todo el país, en ambientes de clases medias y bajas. Empezaron en agosto de 1924 en el teatro de Derby y Edmund Blake se llamaba el primer actor que dio vida al conde transilvano. Y sí, las críticas no fueron las mejores, porque consideraban el montaje demasiado chabacano y vulgar, que buscaba el susto –y la risa, también– fácil. La vieja historia de siempre: la crítica miraba por encima del hombro, pero las salas se llenaban noche tras noche.

Según relata el estudioso David J. Skal en su libro *Hollywood gótico* (1990), hay que destacar una maniobra publicitaria que se le ocurrió a Deane –que tomó en serio un comentario hecho en clave de humor–: contrató a una enfermera para atender a todas las personas que se pudieran desmayar al contemplar la *truculencia* de la trama. Incluso se llegó a comprometer a devolver parte del dinero –la proporción de minutos que se perdiesen– a aquellas personas que debieran ser atendidas. Así que una enfermera, vestida como tal y con sus sales aromáticas y una botella de brandy –para los caballeros más impresionables, claro– se situaba a la vista de todos antes del inicio de la función. Ese era el espí-

El teatro Fulton de Nueva York en 1927, cuando se estrenó allí *Drácula*.

ritu del nuevo *Drácula*: complacer al respetable con emociones fuertes y técnicas sencillas. Quien quisiera sutilezas, que buscase en otro lado.

Cómo representar al vampiro

Lo más importante para el mito de Drácula, en esta nueva etapa, es su apariencia y vestimenta. En la novela de Stoker es descrito –como hemos visto– como una figura vieja, cadavérica, más bien repugnante. Sin embargo, en el teatro aparece ya como un aristócrata elegante. Pálido, sí, pero bien vestido, ya sea con frac, chaqué o esmoquin. ¡Y, por supuesto, con una capa con un cuello bien alto! ¿Por qué ese cambio? No queda claro si por no hacer tan repulsivo al protagonista –aunque quien tuviese más presencia fuera el profesor Van Helsing–, por la alegría propia de los «felices años veinte» o por las aportaciones casuales de

Cartel publicitario de la obra *Drácula* en la Mason Opera House, Los Ángeles, California.

los actores y figurinistas de la compañía. El caso es que del conde Drácula teatral al de la novela (o al del cine de *Nosferatu*) había un trecho. Y el «nuevo traje» debió de sentarle como un guante, puesto que desde entonces es marca de la casa.

El éxito teatral de Drácula no cesaba y al final se estableció en Londres, donde fue de nuevo machacada por la crítica, y de nuevo un éxito de público. De esto se enteraron en Estados Unidos, y allí también se preparó una adaptación. Más ingresos para la buena viuda, que iba sobreviviendo gracias al monstruo (literario) de su marido. Florence, que era consciente de lo vulgar de la adaptación de Deane, promovió que se estrenase otra versión más «cultivada» y fiel a la obra de Bram. Pero esta, al poco de estrenarse, se convirtió en un gran fracaso y se canceló. El público quería al *viejo* Drácula: con sus defectos, con eso que hoy llamaríamos «placer culpable».

Drácula en América

Cuando *Drácula* se llevó a Estados Unidos, el actor titular en el Reino Unido era Raymond Huntley. En América quisieron contar con él, pero no se llegó a un acuerdo económico. Las consecuencias aún las sufrimos –las disfrutamos– hoy.

Béla Lugosi y Dorothy Peterson (interpretando a Lucy Seward), en una imagen de la obra teatral americana.

Tras alguna deliberación, se optó por contar con el semidesconocido actor húngaro Béla Lugosi (ver recuadro) para la nueva representación teatral. Una decisión que cambiaría –claro– la vida de Lugosi, pero también afectaría a la de posteriores cineastas y a la historia del cine. ¿Acaso alguien se imagina al vampiro sin los ojos exaltados, enloquecidos e hipnóticos del magiar? Ya no. Otra aportación indeleble es el hablar inquietante y de marcado acento extranjero de Lugosi, quien llevaba algo más de seis años cuando interpretó el papel, pero aún conservaba su acento húngaro (había llegado a América con casi 40 años). El actor se aprendía sus líneas de diálogo de manera fonética; es decir, memorizaba el sonido de lo que decía, más que *aprender el sentido* de lo que decía. De ahí ese parlamento pausado y antinatural, pero que en boca del vampiro parecía, más bien, *sobrenatural*.

El 5 de octubre de 1927, en el teatro Fulton de Nueva York, se estrenó *Drácula* en Estados Unidos y el éxito se reprodujo. La capacidad de seducción del vampiro había cruzado el Atlántico intacta. El señuelo de la enfermera también se importó: el morbo no entiende de fronteras, ni entonces ni hoy. Nueva York se empapeló de carteles con la figura del conde mordiendo cuellos de señoritas. El boca oreja funcionó y la obra salió de la Costa Este para llegar hasta California, donde siguió cosechando espectadores en Los Ángeles y cercanías.

¡Ah! Y en Los Ángeles, por si alguien no se acuerda, está Hollywood.

El problema de los derechos

Estamos en 1930. El crac de la Bolsa de 1929 domina el escenario (económico) mundial. En el cine, el sonoro está matando a las estrellas del silente. Y, pese a la crisis, el cine sigue siendo un espectáculo de masas que produce dinero. Y Hollywood es el motor de esa fábrica, y las estrellas que crea, el *star system*, es la correa de transmisión.

Era cuestión de tiempo que Hollywood llamase a las puertas de *Drácula*, cuya capacidad para atraer espectadores estaba fuera de toda duda. Tan solo había un problema –o mejor, dos– *arrastrados* de la vieja Europa. En primer lugar, negociar los derechos con la viuda de Stoker; en segundo, como una pesadilla, como el eterno retorno de Nietszche, como la peste del *Deméter* en Whitby, el *Nosferatu* de Murnau había llegado a Estados Unidos. Y eso daba un poco de miedo: del de verdad, del de perder dólares.

Había llegado y se organizaron algunos pases en cines de arte y ensayo. Era como una rareza europea para *gourmets*, un monstruo poético, dirigido por un cineasta de culto. Y que se anunciaba no como *Nosferatu*, sino como *Drácula* (¡para pasmo de la pobre viuda, que no ganaba para sustos!): es decir, una amenaza, un posible competidor, el invitado inesperado que te chafa la fiesta. Incluso se hicieron nuevos montajes, con cambio de nombre a los personajes, versiones de lo más dispar. (Un inciso: el original de *Nosferatu* está disponible, libre de derechos, en internet y en alta calidad. Gracias a ello, circulan infinidad de versiones, retoques, nuevas bandas sonoras, una auténtica fiebre de *haz-tu-pro-*

A la izquierda, Lugosi en 1914 (con una pose que recuerda al oficial de la SS Amon Göth/Ralph Fiennes de *La lista de Schindler*). A la derecha, en una fotografía promocional como galán.

LUGOSI, EL ACTOR

Béla Lugosi (1882-1956) nació en Lugos (hoy Lugoj, en Rumanía), ciudad del Imperio austrohúngaro, con el nombre de Béla Ferenc Dezső Blaskó. Con 20 años ya se dedicaba a la actuación, primero en teatro y después también en películas mudas húngaras. Participó como voluntario en la Primera Guerra Mundial y fue herido en el frente ruso. Más tarde organizó un sindicato de actores, pero tras la fallida Revolución Comunista húngara de 1919, fue señalado como revolucionario y huyó a Alemania. De allí pasó a Nueva Orleans, en Estados Unidos, donde llegó sin saber inglés, pero formó una compañía teatral húngara. Se especializó en papeles románticos, de galán. Más que guapo, era atractivo, a lo cual contribuía su acento y vocalización.

El papel de Drácula le cambió la vida y le hizo increíblemente famoso, pero le supuso quedar encasillado en papeles de terror. Tuvo seis esposas y con el paso de los años comenzó una relación tóxica con el alcohol y la morfina. Aceptó papeles rocambolescos y menores en los últimos años de su carrera, como los que hizo con el director Ed Wood. Murió en el verano de 1956, y fue enterrado (como idea de su cuarta mujer y su hijo) con su capa y su traje de Drácula. Ed Wood portaba el féretro.

pio-Nosferatu). Este fue un gran problema, al que Universal –la productora de Carl Laemmle que pretendía adaptar la novela al cine– tuvo que enfrentarse, y que solucionó de la manera más civilizada posible: soltando dinero. No sin muchos vaivenes, encontró al importador de la película y le convenció para entregar todas la copias –bajo sanción si aparecían otras– a cambio de 400 dólares de entonces. Sin embargo, Universal no tenía intención de destruir la copia y la salvaguardó.

También tuvo que pagar a los productores de las obras teatrales (la británica y la estadounidense), por si les denunciaban por competencia desleal o apropiación del guion. Eso salió más caro (unos 4500 dóla-

UNIVERSAL, LA PRODUCTORA DEL TERROR

Este estudio de Hollywood es el más antiguo de Estados Unidos, y el quinto a nivel mundial. Lo fundaron en 1912 Carl Laemmle y otros nueve socios. Empezaron produciendo películas mudas (claro) y fueron los primeros en poner los créditos de los artistas que trabajaban en ellas, con lo que, sin saberlo, estaban creando el *star system*.

En 1928, Carl Laemmle Jr. entró a dirigir –con 21 años– parte del estudio y dio un giro a sus producciones: el joven tenía entre ceja y ceja realizar una serie de películas en las que los monstruos serían los protagonistas. La primera bajo dichas pretensiones iba a ser *Drácula* (aunque en el periodo silente habían realizado otras similares, como *El doctor Jekyll y Mr. Hyde* (1913), *El jorobado de Notre Dame* o *El fantasma de la ópera*). Luego vinieron *Frankenstein* (1931), *La momia* (1932), *El hombre invisible* (1933), *La novia de Frankenstein* (1935), *La hija de Drácula* (1936), *El hombre lobo* (1941)... Una retahíla de títulos monstruosos y sus secuelas, que se convirtieron en santo y seña de la casa (que siguió produciendo películas de otros géneros), que se alarga hasta la actualidad.

Béla Lugosi en una de sus poses más características de la película *Drácula* (1931).

res en el caso del americano, el productor Horace Liveright), pero nada comparado con Florence Balcombe. Esta ya estaba a la defensiva porque se había enterado por la prensa de que Universal *iba-a-adaptar* —¡sin siquiera consultarla!— la novela de Bram Stoker. En total, fueron 40 000 dólares (unos 750 000 euros actuales) los que tuvo que desembolsar por los derechos: la mitad de ellos fue para la viuda, y el resto para agentes y dramaturgos.

Tras mucho lucharlo, Universal iba a tener su película.

El Drácula perfecto

¿Y quién iba a interpretar a Drácula? Podríamos pensar que la elección de Béla Lugosi cayó por su propio peso. Además, el húngaro se había puesto al servicio de Universal como mediador entre ellos y Florence Stoker; no es que hablase muy bien el inglés, pero algo podría hacer con su influencia como el Drácula de las tablas. Lugosi se encargó de esto para ganar méritos, para

Lon Chaney, en su papel de Erik en *El fantasma de la ópera.*

Conrad Veidt, dando vida a César en *El gabinete del doctor Caligari*.

subrayar su interés por el papel. *Aquí me tenéis, para lo que haga falta,* quería decir, como desgañitándose. Pero el interés de la productora iba por otro lado.

El favorito número uno era otro. En realidad, todo el mundo podía deducir quién. Era el actor más popular de su tiempo, especialista, además, en personajes terroríficos y deformes; no en vano era apodado «El hombre de las mil caras». Había estado muchos años a sueldo de Universal, con quien había protagonizado éxitos como *El jorobado de Notre Dame* (1923) o *El fantasma de la ópera* (1925), entre muchos otros. Lon Chaney (1883-1930) *tenía* que dar vida al no muerto; pero, como acabamos de desvelar, la Muerte se interpuso en el camino. Es cierto que en 1930 tenía contrato con Metro-Goldwyn-Mayer, productora rival, pero esas asperezas se solucionaban con un lubricante llamado dinero. Sin embargo, un cáncer se interpuso en el supuesto Drácula perfecto y Chaney murió ahogado en su propia sangre, sin mediación de un mordisco, todo por dentro, a causa de un tumor en la garganta.

El abanico se abrió y en la mejor posición, aunque nos siga sorprendiendo, no estaba Lugosi. Otra opción evidente era la del alemán Con-

Una imagen publicitaria a color de Universal para *Drácula* (1931).

rad Veidt, célebre por ser el César del *El gabinete del doctor Caligari* (1920), cuya popularidad, gestualidad y porte encajaban. Pero Veidt no se sentía seguro con las películas sonoras –pese a que su acento no le iría mal– y prefirió volver a Alemania. (Otro inciso: pese a ser una súper estrella en su país, Veidt se enfrentó al rampante partido nazi –defensor de los derechos de las mujeres, de las minorías, sin ser judío ni homosexual, *tan solo* por sus convicciones – y tuvo que volver a Estados Unidos. Allí reanudó su carrera este hombre tan íntegro, muy querido; en su penúltima película interpretó al muy nazi Mayor Heinrich Strasser, en *Casablanca* (1942)).

La fecha del inicio del rodaje se acercaba, y aún no había actor protagonista, aunque sí director y equipo técnico. Tod Browning se iba a encargar de rodarla, un director de confianza que ya había trabajado en varias películas con Lon Chaney en Metro-Goldwyn-Mayer; era un señuelo para atraer al popular actor, hasta que la enfermedad se interpuso. En abril de 1930 aún no existía una decisión en firme, pero ante la parálisis, ante la duda con otras opciones, al final parecía que se iba

Las tres vampiras que aparecen en *Drácula* (1931).

El conde Drácula, en una fotografía publicitaria.

a imponer lo más lógico, aunque fuera arrastrando los pies. Tenemos al mejor Drácula del teatro, él quiere, él puede… ¡Qué le vamos a hacer! Que sea Béla Lugosi. *Habemus vampire*.

El cómo-se-hizo

De algo se iba a arrepentir el entusiasta húngaro. Como Universal sabía que daría cualquier cosa por hacer de Drácula del celuloide, le ofreció un salario extremadamente bajo (500 dólares por semana, estimándose el rodaje en siete semanas). Otros intérpretes de la adaptación, con papeles menores que el suyo, cobraron siete u ocho veces más. La crisis económica mundial golpeaba fuerte y había que ahorrar de donde se pudiera. Esa era la excusa, tan buena como cualquier otra; cualquiera las ha recibido peores cuando ha ido a reclamar una subida de sueldo.

A decir verdad, el interés de Universal por que la película resultase económica gravitó sobre todo el rodaje. Aunque el presupuesto (de unos 350 000 dólares) no era de serie B, apenas cinco años antes, *El fantasma de la ópera* de Lon Chaney había costado casi el doble, por ejemplo. Eran tiempos difíciles para todos, y especialmente para Universal Pictures. Así que esa fue una de las razones por las que se escogió a Tod Browning como director: tenía fama –contrastada por los hechos– de acabar sus películas a tiempo y con menor presupuesto del otorgado. Y *Drácula* no iba a ser una excepción. Apenas tardó una semana más de lo estimado, pero con un ahorro cercano al 5 %.

Quizá por lo anterior, o por la limitaciones de talento de Browning –un director competente, pero no un artista– este Drácula no es una obra maestra, ya que resulta un tanto estática, incluso para aquella época. Sin embargo, sí que es una película con peso histórico, fundacional. Para la

Los personajes de Mina, Drácula y Renfield, en el castillo del conde en Carfax, en *Drácula* (1931).

historia del cine, por impulsar el sello de las películas de monstruos de Universal, y por consolidar, de manera irreversible, el mito de Drácula.

El rodaje resultó más o menos normal, sin grandes estridencias, al estilo Browning. Se dice que Lugosi se mostraba tan educado como frío, como si fuera un auténtico vampiro. Sin embargo, detrás de eso hay más gusto por el morbo que realidad. Lugosi apenas se manejaba lo justo con el inglés, no le daba para sociabilizar. Sus líneas de guion, como sabemos, se las aprendía fonéticamente. Se empeñaba en maquillarse él mismo y le obligaron a emplear peluca, que le daba ese característico pico de viuda sobre la frente. Sus cara a cara con el profesor Van Helsing los te-

DRÁCULA HABLÓ ESPAÑOL

Si eres alguien muy aficionado al cine, quizá no te sorprenda leer que, cuando se empezaron a rodar películas sonoras, a menudo se realizaban versiones en otros idiomas, para otros países.

La aparición de las películas sonoras supuso un cambio drástico. No solo en lo artístico, sino en lo *logístico*. Hasta entonces, la misma película servía para cualquier país, a excepción de los intertítulos, que resultaban fáciles de intercambiar (cortar y empalmar los nuevos en el rollo de película). Las nuevas obras sonoras tenían sus ventajas, pero

Carlos Villarías y Lupita Tovar, en *Drácula* (1931).

también suponían cercenar, de manera abrupta, sus posibilidades de proyección en otros países. Para no cerrarse puertas (y perder posibilidades de recaudación), Hollywood comenzó a rodar versiones en otros idiomas, con intérpretes nativos de cada país. Por lo general, se rodaban en paralelo, aprovechando las noches, cuando los decorados quedaban libres, y tomando como referencia el *original*, aunque con cierta libertad de acción.

Y sí, *Drácula* tuvo su versión en castellano, algo que pocos saben. Y a su vampiro lo interpretaba Carlos Villarías, hijo de un general del ejército español, a quien le tocó nacer en Córdoba pero que

nía bien estudiados, puesto que ese actor era Edward Van Sloan, quien, como él, también repetía personaje llegando del teatro.

La trama sufrió importantes cambios respecto al libro de Bram Stoker. El novelista Louis Bromfield, ganador del premio Pulitzer, fue contratado para escribir el guion, pero pronto lo reemplazaron por el guionista Garrett Fort, más capaz de plegarse a las peticiones de la productora, de saltarse la novela para reducir gastos. Por ejemplo, es Renfield el agente inmobiliario que llega a Transilva-

Cartel para la versión hispana de *Drácula* (1931).

vivió por toda España, se licenció en Derecho, abrió un bufete pero... Le picó el gusanillo del teatro, de la zarzuela incluso, y decidió emigrar a Estados Unidos, debido a su excelente dominio del inglés. La Mina de Stoker y Browning se transformó en Eva, y tomó las formas de Lupita Tovar, a la postre una de las actrices hispanas más exitosas de la primera mitad del siglo XX.

El director George Melford estuvo a cargo del rodaje, que empezó más tarde y terminó antes que sus compañeros *matutinos*. Se empezaba a rodar a las ocho de la tarde y a medianoche paraban para cenar, como auténtica película de vampiros que era. Melford podía ver en una moviola lo que se había rodado por la mañana; pero su película acabó siendo –al menos, técnicamente– distinta. El montaje final –que empleó algún descarte del inglés– cuenta con 104 minutos, frente a los 74 de la inglesa. La película tuvo éxito en el mercado latinoamericano y varios –bastantes– la consideraron mejor que su homóloga inglesa. Fue estrenada en La Habana, el 11 de marzo de 1931, y en Madrid, el 20 de ese mismo mes.

En 2015 (en 2000 lo fue la inglesa), la Biblioteca del Congreso la seleccionó para su preservación en el Registro Nacional de Cine, considerándola «cultural, histórica o estéticamente significativa».

nia, y allí el conde lo convierte en su siervo. Cuando llegan a Whitby, es la única persona a bordo, aunque enloquecido. En Londres, Drácula se comporta como todo un aristócrata con vida social, y conoce a Mina en un teatro de Londres. En Londres y en la «abadía de Carfax» transcurrirá el resto de la acción, sin volver nunca a Transilvania.

La secuencia del barco llegando a Whitby —en esta ocasión, una goleta llamada *Vesta*— se tomó de una película muda de Universal, *The Storm Breaker* (1925). Más ahorro: no se compuso una banda sonora, sino que se recurrió a piezas de música clásica, como el célebre segundo acto de *El lago de los cisnes* de Piotr Ilich Chaikovski, la obertura de la ópera *Los maestros cantores de Núremberg*, de Richard Wagner o la *Sinfonía inacabada* de Franz Schubert. (Como curiosidad, en 1998 el famoso compositor estadounidense Phillip Glass recibió el encargo de crear una

Las tres vampiras en el castillo del conde en Transilvania, en *Drácula* (1931).

banda sonora para este *Drácula*, que llevó a cabo con el grupo de cuerdas Kronos Quartet. Compuso 26 temas que cubrían todo el minutaje).

El jueves 12 de febrero de 1931 se estrenó *Drácula*, menos de tres meses después de finalizado el rodaje. El público respondió bien: la vieron millones de personas en Estados Unidos, donde dejó una recaudación de 700 000 dólares (algo más de 1 000 000, contando la taquilla internacional). Un alivio para Universal, que estaba hasta entonces al borde de la quiebra. ¿Fue el vampiro quien salvó a la productora de morir desangrada? La crítica, sin embargo, fue desigual. Las hubo de todos los colores, aunque el público dictó su sentencia: el repulsivo conde les atraía, y querían más.

En efecto, eso solo era el principio. El cine había otorgado a Drácula la auténtica inmortalidad.

Los otros *Dráculas* de Universal

A partir del primer *Drácula* de Universal se abrió la puerta a un sinfín de adaptaciones cinematográficas. El personaje ya no necesitaba carta de presentación. El cine multiplicó (¿por diez?, ¿por cien?, ¿por mil?) el alcance de la novela. Así ha pasado y seguirá pasando: el cine se nutre de personajes literarios y los populariza a gran escala. A veces pierden matices –y es necesario: la pantalla y el papel son dos soportes distintos, con lenguajes diferentes– y en algunas ocasiones el cine no es capaz de superar la trascendencia del original (véase y léase Don Quijote, por ejemplo), pero la capacidad visual del Séptimo Arte amplía el conocimiento popular de cualquier novela que caiga en sus manos.

Cartel original para *La hija de Drácula*.

En el caso del Drácula de Browning, estaba cantado que habría una continuación. Esta llegó con *La hija de Drácula* (Lambert Hillyer, 1936). Antes, Universal exploró el mundo de los monstruos con *Frankenstein* (James Whale, 1931), *La momia* (Karl Freund, 1932), *El hombre invisible* (James Whale, 1933) y *La novia de Frankenstein* (James Whale, 1935), a las que seguirían decenas más. En el caso de *La hija de Drácula* (cuyo director, en principio, también iba a ser James Whale), la acción se inicia minutos después del fin de *Drácula*, cuando Van Helsing (de nuevo, Edward Van Sloan) aún se pasea por la abadía de Carfax tras haber matado al conde, por lo que será detenido por dos agentes de policía (sí). La película (en teoría una adaptación del cuento *El invitado de Drácula*, de Bram Stoker, aunque posiblemente como reclamo publicitario, ya que su trama es libre) volvió a funcionar, con lo que se comprobó que el «universo draculiano» no había hecho más que comenzar. En el primer guion de la película, se había escrito un prólogo para lucimiento de Lugosi, en el que en un viaje atrás en el tiempo se contemplaría cómo el conde se convirtió en vampiro. Sin embargo, esta idea fue desechada, se cambió al guionista y el actor húngaro no volvió a interpretar al conde Drácula, como tal, en el cine (a excepción de la comedia *Abbott y Costello contra los fantasmas*, de Charles Barton, en 1948).

Universal volvió a la carga con (el previsible título de) *El hijo de Drácula* (Robert Siodmak, 1943). En esta ocasión fue Lon Chaney Jr., el hijo del legendario Lon Chaney, el que se puso la capa del vampiro, que se escondía bajo el poco discreto seudónimo de «conde Alucard» (quien lo desee, que lea ese nombre de fin a principio). Chaney Jr. fue el único actor que interpretó a los cuatro personajes de terror más importantes de Universal: el Hombre Lobo, el monstruo de Frankenstein y la Momia *amén* del conde Drácula.

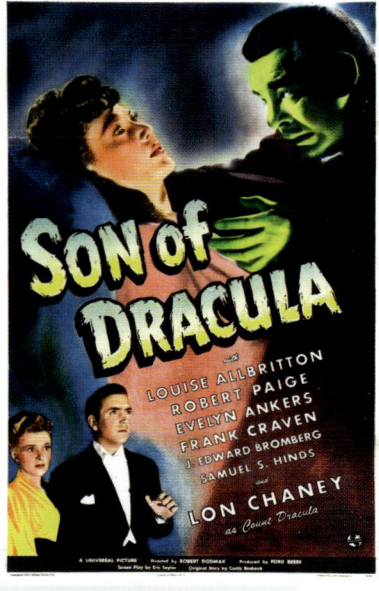

Cartel original para *El hijo de Drácula*.

Durante le década de 1940, Universal produjo otras tres cintas con Drácula como protagonista. O, más bien, *entre* los protagonistas, puesto que la productora optaba ya, sin reservas, por juntar a todos sus monstruos. Fue el caso de *La guarida de Frankenstein* (Erle C. Kenton, 1944) y *La mansión de Drácula* (Erle C. Kenton, 1945), además de la mentada comedia de Abbott y Costello. En estas dos primeras, el actor elegido para dar vida al no muerto fue John Carradine (quien incluso hizo de Drácula en el wéstern *Billy the Kid Versus Dracula*, en 1966).

Después de tres décadas de «silencio«, Universal encargó un *remake* en 1979 (*Drácula*, de John Badham), con bastante éxito, en el que Frank Langella hacía las veces del vampiro y Laurence Olivier, de Van Helsing. En 2014 produjo *Dracula Untold* (Gary Shore), que pasó con más pena que gloria, mientras que Renfield (Chris McKay, 2023) se centra en el habitualmente secundario y lunático lacayo del conde, aquí interpretado por Nicholas Cage.

DRÁCULAS PARA TODOS LOS GUSTOS

En la página anterior hablábamos de los *Dráculas* de Universal, pero ha habido y habrá más películas de Drácula en otros estudios (puesto que Universal no tiene la exclusiva y la novela *Drácula* está libre ya de derechos de autor), de igual manera que existen películas de vampiros que no son de Drácula. Sin embargo, la mayoría de estas últimas beben –y de qué manera– del legado del conde transilvano.

El historiador del cine de terror David J. Skal cifra en unas 200 películas, hasta 2004, las películas que, a su juicio, se pueden considerar «de Drácula», siendo la primera el *Drákula halála* húngaro de 1921, aunque la primera adaptación de la novela, como tal, fuera el *Nosferatu* de Murnau el año siguiente.

Tras las películas de Universal, la más destacada fue una producción turca llamada *Drakula Istambul'da* (Mehmet Muhtar, 1954), con el mérito añadido de ser la primera en añadir los célebres colmillos. Hoy los damos por hechos, pero en las de Universal nunca aparecieron, si bien en *Nosferatu* el conde Orlok tenía unos incisivos largos y afilados.

Pero pronto otra productora hizo del conde –y de los monstruos, en general– su mascarón de proa. Era la célebre Hammer, un estudio fundado en Inglaterra en 1934, que con *La maldición de Frankenstein* (Terence Fisher, 1956), dio con la tecla del éxito. Comprobaron que su cine de terror gustaba, y le dio continuidad con una reinterpretación del mito del conde vampiro. Así, *Drácula* (Terence Fisher, 1958; titulada en EE. UU. *Horror of Dracula* para evitar problemas de derechos) fue la primera de una saga de nueve películas, la mayoría de ellas protagonizadas por Christopher Lee como el conde Drácula y Peter Cushing como Van Helsing. En aquella *Drácula*, el color hacía posible que el rojo vivo de la sangre destacase y un suave erotismo se apropiaba de la trama, merced

Christopher Lee en *Drácula* (1958).

a unas vampiresas muy sensuales; el guion, además, era más fiel a la novela de Stoker que la versión de 1931. Las siguientes ocho películas del estudio Hammer sobre Drácula fueron *Las novias de Drácula* (1960), *Drácula, príncipe de las tinieblas* (1966), *Drácula vuelve de la tumba* (1968), *El poder de la sangre de Drácula* (1970), *Las cicatrices de Drácula* (1970), *Drácula A.D. 1972* (1972), *Los ritos satánicos de Drácula* (1973) y *Kung-Fu contra los 7 vampiros de oro* (1974).

Para entonces, ya quedaba confirmado que la palabra «Drácula» funcionaba como un amuleto que atraía espectadores, y se hicieron Dráculas de todos los colores. Su vinculación con el erotismo (la seducción, la posesión, clavar colmillos, estacas, chupar...) se lo puso fácil a muchas producciones de índole erótica o, directamente, pornográfca, con títulos que dejaban poca posibilidad de duda. La comunidad homosexual *poseyó* a Drácula y dio para títulos de temática gay o lésbica. También, en Estados Unidos, la comunidad negra tuvo su propio Blacula. Drácula encontró su lado más tierno y para todos los públicos en *Barrio Sésamo*, la serie infantil creada por Jim Henson: el conde Draco (count Von Count, en inglés) era un auténtico fanático de... ¡contar números!

En Europa, el *giallo* (el subgénero de terror italiano) bebió indirectamente de Drácula en películas como *Terror en el espacio* (Mario Bava, 1965) y directamente en *Drácula 3D* (Darío Argento, 2012). En España, el cineasta Jesús Franco realizó su propia serie vampírica y *El conde Drácula* (1970) acaso sea la adaptación más al pie de la letra de la novela original, además de rescatar a Christopher Lee para su enésima interpretación del conde. Paul Naschy, actor español que interpretó más veces que nadie a un licántropo, también hizo de Drácula en *El gran amor del conde Drácula* (Javier Aguirre, 1974).

En 1992, el gran maestro Francis Ford Coppola realizó una suntuosa e inolvidable versión con *Drácula de Bram Stoker*. Las adaptaciones se siguen sucediendo, y cuando escribimos este libro la última es un revisión del clásico de Murnau, *Nosferatu* (Robert Eggert, 2024). Seguro que pronto llegarán otras.

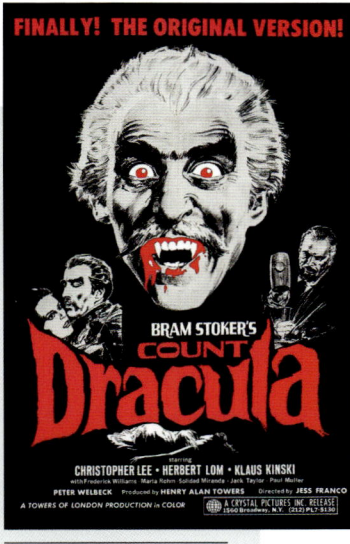

Cartel norteamericano de *El conde Drácula* (1970).

El top-5 cinematográfico

Un listado de cinco películas básicas, no solo para disfrutar del cine de Drácula y otros vampiros, sino también para conocer y entender el mito de estos seres monstruosos... con un fondo más humano de lo que parece.

1

Déjame entrar

TOMAS ALFREDSON, 2008

A nuestro juicio, la película imprescindible sobre los vampiros es esta obra sueca, que consigue el milagro de resultar estremecedora y poética a la vez. Aquí el vampiro es una niña andrógina y misteriosa, que conoce a otro niño con problemas escolares.

2

Drácula de Bram Stoker

FRANCIS FORD COPPOLA, 1992

Esta reinterpretación del maestro Francis Ford Coppola (el director de *El padrino* y sus secuelas, entre otras) pretendía resultar muy fiel al original, pero se tomó varias licencias, como emparejar al histórico Vlad Tepes con el ficticio conde Drácula. Barroca y romántica, consigue ser una muestra de estilo, animada por un elenco de estrellas y por la música inolvidable y estremecedora del compositor polaco Wojciech Kilar.

 **3**

Nosferatu

F. W. MURNAU, 1922

Hay que ver la película fundacional del mito vampírico en el cine, tan poética en sus imágenes como tormentosa en su trayectoria comercial después. Es una de las mejores obras del cine mudo, y dirigida por uno de los más grandes directores de siempre: no es poca cosa. El perfil del conde Orlok es del todo inolvidable.

 **4**

Entrevista con el vampiro

NEIL JORDAN, 1994

Merece la pena conocer a Lestat, el vampiro más perverso que se conoce –porque en todo hay clases–, y la manera más sencilla es mediante esta adaptación que realizó Neil Jordan del ya clásico libro *Entrevista con el vampiro* de Anne Rice. Un pequeño clásico ya, con un gran reparto.

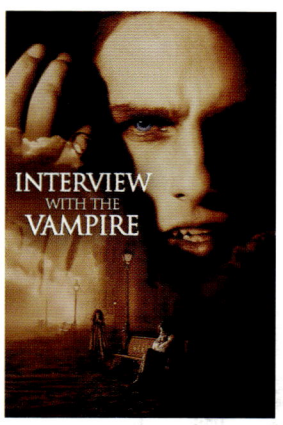

 **5**

Drácula

TOD BROWNING, 1931

Sin esta película, probablemente, el conde Drácula no sería igual de popular hoy. Le falta el punto artístico y delicado de su antecesora alemana de 1922, pero a cambio nos regala la mirada hipnótica de Béla Lugosi, desde entonces el vampiro más famoso de todos los tiempos, además de comenzar la serie de monstruos cinematográficos de Universal. Imprescindible verla para comprender la fascinación que Drácula ha ejercido desde entonces.

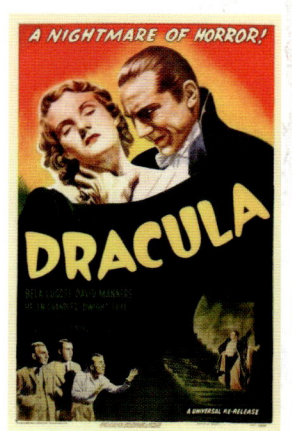

Los personajes de *Drácula*

Vidas a la sombra del vampiro

Poco antes de imprimir la primera edición, la novela de Stoker se titulaba *The Un-Dead*, hasta que acordaron poner el sonoro nombre del villano encabezando la portada. Eso contribuyó a engrandecer, aún más, la figura del vampiro. Sus adversarios quedaron empequeñecidos: es el momento de que reciban un poco de la luz que el vampiro (por paradójico que parezca) les robó.

TAL ES LA popularidad de Drácula –de la criatura no muerta, del vampiro malvado, del conde desalmado– que el resto de personajes de la novela de Bram Stoker ha quedado a la sombra, como si fueran ellos los sensibles a la luz y no su contrincante. Es el momento de rescatarlos, si no de las tinieblas, sí del sótano de la trama, adonde el conde los empujó con su maldad cegadora.

Renfield, el siervo

De entre todos los personajes a la sombra del vampiro, el más interesante de todos es Renfield. ¿Por qué? *Drácula* no es lo que se dice una *novela de personajes*. Stoker no destacaba por ser un Dostoievski, un sesudo cartógrafo de las pasiones humanas, un notario de nuestra conducta. Él era un *fantasista*, un narrador de historias *extraordinarias*, donde lo importante era más el *qué* que el *quiénes*. En *Drácula* no vemos grandes transformaciones personales –no vale contar con las de vampiro a lobo o murciélago–, son tipos de una pieza, o casi. Sin embargo, Renfield es algo diferente. Es un demente que ha caído en una serie de alucinacio-

Imagen promocional de *Drácula* (1931) con Béla Lugosi como protagonista.

nes que preocupan al doctor Seward, quien está a cargo del manicomio de Purfleet. Un asilo para lunáticos en una finca vecina a Carfax, la casa que el conde ha comprado para vivir en Inglaterra.

El doctor Seward define así a Renfield en su diario fonográfico:

> *R. M. Renfield; edad, 59.*
> *Temperamento sanguíneo; gran fortaleza física; excitable mórbidamente; períodos de decaimiento que terminan en alguna idea fija, la cual no he podido descifrar. Supongo que el temperamento sanguíneo mismo y la influencia perturbadora terminan en un desenlace mentalmente logrado; un hombre posiblemente peligroso, probablemente peligroso si es egoísta.*

Pronto veremos qué tipo de lunático es. El doctor Seward contempla con qué mimo trata a los animales que tiene a su disposición en su celda: las moscas, las arañas. Parece que las cuida, como un vaquero a sus vacas. Y, en cierto modo, es así. Las cría para *vivir de ellas.*

> *Cuando un horrible moscardón, hinchado con desperdicios de comida, zumbó dentro del cuarto, él lo capturó y lo sostuvo un momento entre su índice y su pulgar, y antes de que yo pudiera advertir lo que iba a hacer, se lo echo a la boca y se lo comió. Lo reñí por lo que había hecho, pero él me arguyó que tenía muy buen sabor y era muy sano; que era vida, vida fuerte, y que le daba vida a él.*

En la página anterior, y sobre estas líneas, el actor Dwight Frye, interpretando a Renfield en *Drácula* (1931).

Cuando Seward es consciente de la manía zoófaga de Renfield, lo da por loco sin remedio; pero según avanza la trama y la figura del vampiro empieza a tomar relevancia en la vida de los protagonistas, va perfilándose la vinculación que existe entre Renfield y Drácula, entre lacayo y amo. El primero es el peón que necesita el segundo para *aquellas pequeñas cosas* que el conde no puede hacer por sí solo. En especial, entrar donde no ha sido invitado, una debilidad del conde mucho más sutil que los ajos o los crucifijos, una invención maestra de Stoker. Renfield es el quintacolumnista que el vampiro necesita para llegar hasta Mina.

La evolución de Renfield es variable, luchan en él el bien y el mal, la dominación mental a la que le somete el vampiro y la inclinación natural al bien que todos llevamos dentro —parece decirnos Stoker, como si acabara de leer a Jean-Jacques Rousseau—. Solo vamos a añadir que el conde acaba creyendo que Renfield lo ha traicionado, y si un no muerto piensa eso de ti, no vas a acabar bien.

Arriba, Alexander Granach el Renfield de *Nosferatu* (1922). Abajo, Klaus Kinski como Renfield en *El conde Drácula* (1979).

Renfield en el cine

En el cine, el personaje de Renfield también ha dado mucho juego. En el *Drácula* de 1931 su personaje lo encarnó Dwight Frye y hace el recorrido inverso al del libro: empieza cuerdo —o como agente inmobiliario, si podemos considerar eso como tal— y termina loco. El personaje era tan potente que Frye quedó encasillado de por vida a tipos excéntricos, bichos raros o monstruos. Tuvo papeles en otras películas de monstruos del estudio Universal, hasta que murió tras un infarto de miocardio en un autobús, cuando regresaba de una sesión de cine con su hijo.

Otros grandes artistas han dado vida al lunático. Klaus Kinski lo hizo en *El conde Drácula* (Jess Franco, 1970); este singular actor alemán interpretó a un Renfield más pausado, un loco más bien abstraído que maniático. Kinski, con su mirada profunda, estaba hecho para este tipo de personajes; tanto, que en 1979 *ascendió* a Drácula en *Nosferatu, el vampiro de la noche* (Werner Herzog). Justo en esta película, Renfield toma el cuerpo y la voz de Roland Topor. Topor (francés de origen judío polaco), más que actor era artista polifacético (ilustrador, dibujante, pintor, escritor…) y excéntrico, lo que necesitaba Renfield. Creador del grupo Pánico junto a Alejandro Jodorowsky y Fernando Arrabal, también escribió *El quimérico inquilino* (1964), la novela que llevó al cine Roman Polanski (otro que también hizo cine vampírico en 1967 con *El baile de los vampiros*).

Siguiendo la pauta de Topor, Francis Ford Coppola también eligió a otro artista excéntrico, antes que actor, para el Renfield de su *Drácula de*

Tom Waits da vida a Renfield en *Drácula de Bram Stoker* (1992).

EL SÍNDROME RENFIELD

Existe una enfermedad mental, el vampirismo clínico, a la que se le conoce de manera más popular como *síndrome Renfield*. Se puede definir como un trastorno alimentario que implica el consumo de sangre y/o animales vivos; la persona que lo sufre puede, o no, creerse un vampiro. Fue el psicólogo Richard Noll quien acuñó el término en 1992 (tras el estreno de *Drácula de Bram Stoker*), de manera un tanto irónica, al considerar que el término 'vampirismo' trivializaba una enfermedad seria. El síndrome de Renfield es una parafilia que en ocasiones se considera un tipo de necrofilia, incluso de fetichismo sexual, puesto que a menudo quien la ejerce siente una excitación erótica y el logro del orgasmo a través de la ingesta de la sangre.

Cartel promocional de *Renfield* (2023), con Nicholas Hoult y Nicholas Cage (como Drácula).

Bram Stoker (1992). En esta ocasión, el elegido fue el cantante y compositor estadounidense Tom Waits, que interpretó a un Renfield exaltado, pero también celoso de la relación de su amado conde con Mina Harker.

Sin embargo, el primer Renfield de la historia del cine no se llamaba así, puesto que en el *Nosferatu* (1922) de Murnau —donde se evitó dar a los personajes el mismo nombre que en la novela— respondía por Herr Knock: el director de la agencia inmobiliaria en la que trabaja Thomas Hutter (Jonathan Harker en la novela). Alexander Granach fue el popular actor encargado de darle vida, uno de los innumerables artistas europeos de origen judío que tuvieron que salir de Alemania cuando se instauró el nazismo. En su caso, emigró primero a la Unión Soviética, que tampoco resultó un lugar muy amistoso: acabó en Estados Unidos, donde falleció en 1945, tras intervenir en producciones como *Ninotchka* (Ernst Lubitsch, 1939), *Los verdugos también mueren* (Fritz Lang, 1943) o *Por quién doblan las campanas* (Sam Wood, 1943).

Renfield, además, ha disfrutado de su propia película: *Renfield* (Chris McKay, 2023) funciona como una secuela del *Drácula* de 1931, en la que Renfield es poco más que el lacayo de Drácula (Nicholas Cage), su chico para todo y el que le proporciona sus víctimas… Hasta que el pobre Renfield se rebela, cansado de tamaña servidumbre. La cinta, más que una película de terror al uso es —como podemos intuir— una mezcla de comedia y acción, también con el respaldo de Universal. Nicholas Hoult es el atribulado protagonista; curiosamente, en el *Nosferatu* de 2024, da vida a Thomas Hutter, es decir, a Jonathan Harker. Sueno todo un poco endogámico, ¿verdad?

Mina Harker, la heroína

También la encontraremos citada como Mina Murray, ya que al principio de la novela tan solo está comprometida con Jonathan Harker: se casarán en Budapest, bien lejos de casa, mientras él está aún convaleciente de sus días *chez Drácula* en un hotel de la capital húngara.

En la novela de Bram Stoker, tan solo aparecen cinco mujeres: cuatro mueren como vampiras y otra, Mina, a punto está. Pero Mina representa a una mujer fuerte, de acción, y decidida, lejos del prototipo victoriano de damisela asustadiza que necesita la protección de un hombre. Es ella quien corre para salvar a Jonathan, un personaje más dubitativo. Más aún: gracias a su telepática unión con Drácula, Van Helsing y sus hombres consiguen monitorizar los pasos del vampiro cuando este vuelve a Transilvania. No llega —se queda lejos— a la profundidad e independencia de las mujeres del autor noruego Henrik Ibsen, pero sí que represen-

---

Helen Chandler (Mina Seward, porque allí es hija del doctor Seward) y Béla Lugosi en *Drácula* (1931).

ta el concepto feminista de *New Woman*, que surgió a finales del siglo XIX. Mina es, además, una joven institutriz o maestra de escuela, culta y educada, que tiene la curiosa afición de escribir un diario en caracteres taquigráficos.

> *Últimamente he estado trabajando mucho, debido a que quiero mantener el nivel de estudios de Jonathan, y he estado practicando muy activamente la taquigrafía. Cuando nos casemos le podré ser muy útil a Jonathan, y si puedo escribir bien en taquigrafía estaré en posibilidad de escribir de esa manera todo lo que dice y luego copiarlo en limpio para él en la máquina, con la que también estoy practicando con empeño. Él y yo a veces nos escribimos en taquigrafía, y él esta llevando un diario estenográfico de sus viajes por el extranjero.*

Pese a su fuerza, Mina es captada por Drácula, de quien el conde bebe sangre y a la que el conde hace beber su sangre, de tal manera que quedan unidos… ¿Para siempre? Cuando el profesor Van Helsing le coloca una hostia sagrada sobre la frente, y Mina reacciona como si la hubieran quemado —en una de las escenas más estremecedoras de la novela—, la joven se da cuenta de lo que le espera, y se mezclan el horror y la pena. Ese es el drama de Mina Harker: ser consciente de que se va convirtiendo, poco a poco, en algo distinto y terrible, sin poder hacer nada para revertir el proceso.

> —*¡Sucia! ¡Sucia! ¡Incluso el Todopoderoso castiga mi carne corrompida! ¡Tendré que llevar esa marca de vergüenza en la frente hasta el Día del Juicio Final!*

Wilhelmina —ese es su nombre completo, 'Guillermina' en español— ha tenido diversos destinos es sus encarnaciones cinematográficas. En pocas ocasiones ha seguido, con fidelidad, los pasos de su homónima en la novela. En ambos *Nosferatu*, por ejemplo (1922 y 2024), además de recibir el nombre de Ellen Hutter, es ella quien acaba con la no vida del conde Orlok. Se deja seducir por el vampiro, de tal modo que el monstruo se deleita con –y sobre– ella, se da un festín de sangre y lujuria, hasta que el amanecer le pilla desprevenido al transilvano y... En la primera versión, la actriz Greta Schröder compartió el protagonismo con el tenebroso Max Schreck, lo que se tradujo en soportar una leyenda que afirmaba –con la mezcla de gracia e impunidad que siempre han tenido, antes y ahora, la noticias falsas– que el vampiro en realidad la había mordido durante el rodaje.

En el *Drácula* de 1931, Mina es la hija del doctor Seward, en un curioso movimiento de guion. Allí le da vida Helen Chandler, una actriz que iba para estrella, pero a quien el alcoholismo le jugó una mala pasada y apartó de la profesión. Incluso durante el rodaje de la película tuvo problemas con la bebida. En el *Drácula* de los estudios Hammer (1958), le da vida Melissa Stribling, con el extraño

Christopher Lee, el Drácula de los estudios Hammer, mordiendo a Mina, interpretada por Melissa Stribling, en *Drácula* (1958).

añadido de que aquí se casa con Arthur Holmwood, y con el encargo de ser la primera actriz que le otorga un indisimulado toque de placer sexual a sus encuentros con el vampiro. Otra Mina muy recordada es la de *Drácula de Bram Stoker*, un papel que Winona Ryder se empeñó en rodar para Francis Ford Coppola, tras no haber podido rodar juntos *El padrino III* por problemas de salud de última hora de la actriz. Aquí será recordada por interpretar también a Elizabeth la esposa de Vlad Tepes, quien se suicida cuando lo cree muerto (pese a su título, esta adaptación se tomó muchas licencias, como la de relacionar directamente a Drácula con El Empalador).

Abraham Van Helsing

Este doctor neerlandés es quien lleva el peso de los personajes masculinos. En parte porque Drácula no es —claro— un humano, en parte porque el conde no tiene voz propia en el libro —no hay ningún documento propio suyo en la novela, siempre habla por medio de otros— y también porque Jonathan Harker, pese a su protagonismo y espacio «ocupado», carece de la capacidad de acción del célebre profesor. Es el doctor Seward quien «ficha» a Van Helsing cuando Lucy Westenra empieza a enfermar por un motivo desconocido.

He quedado con dudas, por lo que he hecho lo mejor que sé: le he escrito a mi viejo amigo y maestro, el profesor van Helsing, de Ámsterdam, que es una de las personas que más conocimientos tiene sobre enfermedades raras en el mundo [...]. En ocasiones parece un hombre despótico, pero esto es porque él sabe de lo que habla más que ninguna otra persona. Es un filósofo y un metafísico, y uno de los científicos más avanzados de nuestra época; y tiene, supongo, una mente absolutamente abierta. Esto, con unos nervios de acero, un temperamento frío, una resolución indomable, un autocontrol y una tolerancia exaltada de virtudes y bendiciones, y el más amable de los más sinceros corazones que laten. Estas son algunas de sus cualidades, que siempre pone en práctica en pro de la humanidad.

En 2004, Van Helsing se ganó su propia –y poco ortodoxa– película de Universal Pictures (*Van Helsing*, Stephen Sommers), en la que Hugh Jackman se enfrenta a Drácula, al Hombre Lobo, al monstruo de Frankenstein... y a quien haga falta, de la manera que sea necesaria.

En *Nosferatu* (1922), Van Helsing recibe el nombre de profesor Bulwer y lo interpreta John Gottowt.
En *Drácula* (1931) Edward Van Sloan se pone el traje del profesor, a quien había interpretado en el teatro en
infinidad de ocasiones, precisamente junto a Béla Lugosi.

Y Van Helsing responde de inmediato a esa carta, en la que nos informa que —además de por su huraña filantropía— Seward puede pedirle lo que bien tenga en gana, ya que su alumno le salvó la vida hace años... ¡precisamente por chuparle su sangre! No de manera simbólica —como tantas relaciones profesor-alumno,— sino porque un accidente con un cuchillo envenenado estuvo a punto de convertirle en *sí muerto*, de no ser por el arrojo (¿vampírico?) de Seward. Y en la persona de Lucy Westenra le devolverá el favor. Van Helsing: he aquí un amigo.

Van Helsing representa la creciente presencia de la ciencia en la vida de finales del siglo XIX, cuando tantos inventos y descubrimientos estaban cambiando la faz del mundo (la electricidad, medios de transporte, avances en salud...). Pero no es un científico ortodoxo (ese es el doctor Seward): aunque cita a científicos y criminalistas —que existieron en realidad— sus métodos beben mucho del pasado y, llegado el momento de la verdad —el de enfrentarse al vampiro— se transforma casi en un chamán, en un hechicero.

Uno de los Van Helsing más memorables (si no el que más) es Peter Cushing, a quien dio vida en cinco ocasiones para los estudios Hammer. En la imagen, la última en *Los ritos satánicos de Drácula* (Alan Gibson, 1973). En el *Nosferatu* de 2024. Willem Dafoe interpreta al profesor, aquí llamado Albin Eberhart Von Franz.

> *¿No piensa usted que hay cosas que no puede comprender, y que sin embargo existen? ¿Qué algunas personas pueden ver cosas y que otras no pueden? Pero hay cosas antiguas y nuevas que no deben contempladas por los ojos de los hombres, porque ellos creen o piensan creer en cosas que otros hombres les han dicho. ¡Ah, es error de nuestra ciencia querer explicarlo todo! Y si no puede explicarlo, dice que no hay nada que explicar [...]. Yo quiero que usted crea [...] en las cosas que hasta ahora usted no creía. Una vez escuché a un norteamericano que definía la fe de esta manera: "Es esa facultad que nos permite creer en lo que nosotros sabemos que no es verdad." Por una vez, seguí a ese hombre. Él quiso decir que debemos tener la mente abierta, y no permitir que un pequeño pedazo de la verdad interrumpa el torrente de la gran verdad.*

Y es esa actitud de ir más allá de la ciencia lo que marca el «espíritu Van Helsing»: hay cosas que existen y que la ciencia no puede explicar. Aquí tiene razón, más que nada por un pequeño detalle: estamos en una novela fantástica, donde todo es posible. Hasta un no muerto con una jubilación de oro. En su maletín, una vez descubierto el caso de vampirismo, no faltarán ajos, crucifijos de plata, ramas de rosas silvestres y, por supuesto, estacas y martillos.

La plétora de grandes intérpretes que se han puesto en la piel de Van Helsing da idea de lo atractivo del personaje, que cuenta con un amplio grado de reconocimiento popular. Además de los ya citados, encontramos a Laurence Olivier (*Drácula*, 1979), Anthony Hopkins (*Drácula de Bram Stoker*), Peter Fonda (*Nadja*, 1994), Mel Brooks (*Drácula, un muerto muy contento y feliz*, 1995), Christopher Plummer (*Drácula 2000*, 2000) o Rutger Hauer (*Drácula 3D*, 2012), todos ellos artistas de gran prestigio, recordados por este y muchos otros papeles.

Jonathan Harker

Con él comienza la novela, con un joven abogado –graduado hace nada en Exeter– ilusionado por la vida, que espera ascender en el trabajo, que quiere formar una familia con su hermosa prometida, Mina Murray. Un hombre práctico, que escribe su diario con taquigrafía: menos espacio, más velocidad, más tiempo para hacer otras cosas. Como por ejemplo, ser el encargado que manda el jefe de la agencia inmobiliaria a resolver unos asuntos a Transilvania. Que es como decir el otro lado del mundo, a finales del siglo XIX.

Poco hay, en realidad, que decir sobre Harker, más que es un hombre aprensivo, pero capaz de sobreponerse a sus miedos (aunque no a las novias de Drácula, eso sería pedir demasiado). Enamorado de Mina, dispuesto a lo que sea con tal de salvarla, dispuesto a convertirse en vampiro si no queda otra para acompañar a su esposa. Al menos, eso dice y podemos intentar creerlo, a falta de mayores pruebas.

> *Así pues, me despedí de Mina, de una manera tal que ninguno de nosotros podremos olvidarla hasta el día de nuestra muerte, y nos fuimos. Había algo para lo que estaba ya preparado: si descubríamos finalmente que Mina resultaba un vampiro, entonces, no debería ir sola a aquella tierra terrible y desconocida. Supongo que era así como en la antigüedad un vampiro se convertía en muchos; solo debido a que sus horribles cuerpos debían reposar en tierra santa, asimismo el amor más sagrado era el mejor sargento para el reclutamiento de su ejército espectral.*

Drácula no es una novela de personajes, en la que los mismos sufren transformaciones vitales, no es un viaje emocional. Sus personalidades transcurren prácticamente intactas por la trama. Sin embargo, algunos de ellos han quedado para siempre grabados en el acervo popular.

Los personajes de Mina Seward y Jonathan Harker en *Drácula* (1931).

La lista de actores que han puesto cara a Harker no resulta tan nobiliaria como la de Drácula o Van Helsing, por ejemplo. Se necesita, sobre todo, un rostro bello y sereno, algo así como de marido de confianza o de yerno perfecto. En el primer *Nosferatu* se llamó –como sabemos– Thomas Hutter, y fue interpretado por Gustav von Wangenheim; un actor que tuvo que emigrar de Alemania por causa del nazismo (como buena parte del equipo de la película), en su caso no por sus orígenes judíos sino por su ideología comunista. David Manners fue el Harker de *Drácula* (1931), un canadiense estrella en ciernes, que cobraba por semana cuatro veces más que Lugosi. Sin embargo, Manners se alejó pronto de Hollywood, desencantado. Se había casado –poco antes del rodaje–, pero aquello duró apenas dos años: era homosexual, encontró a su verdadera pareja y se dedicó a la pintura, a la escritura y a la filosofía.

Otros Jonathan Harker con apellidos de renombre son el de Bruno Ganz en *Nosferatu, el vampiro de la noche* o el de Keanu Reeves en *Drácula de Bram Stoker.*

Las novias de Drácula

Pese a que sean unos personajes bastante episódicos en la novela, las novias de Drácula guardan cierta relevancia más allá de los escasos párrafos que Bram Stoker les asignó. Ellas son la lascivia, el escándalo, las connotaciones sexuales. ¿Connotaciones? Que cada cual lo juzgue como quiera. Declara el testigo Jonathan Harker:

> *Las tres tenían dientes blancos brillantes que refulgían como perlas contra el rubí de sus labios voluptuosos. Algo había en ellas que me hizo sentirme inquieto; un miedo a la vez nostálgico y mortal. Sentí en mi corazón un deseo malévolo, llameante, de que me besaran con esos labios rojos. No está bien que yo anote esto, en caso de que algún día encuentre los ojos de Mina y la haga padecer; pero es la verdad.*

Las tres vampiras en el castillo del conde en Transilvania, a punto de abalanzarse sobre Renfield, en *Drácula* (1931).

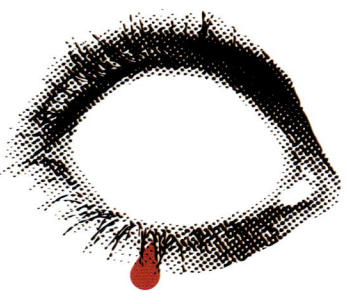

Y la verdad te hará libre, Harker. Hablamos, recordémoslo, de la Gran Bretaña de finales del siglo XIX, cuando aún estaba en el trono la reina Victoria. Era un pasaje muy subido de tono para la época, es posible que millones de ojos leyeran por primera vez algo así; esas cosas… solo se pensaban. El amantísimo prometido Harker siente rechazo ante ellas, porque desprenden maldad, algo diabólico y, sin embargo… «Había una voluptuosidad deliberada que era a la vez maravillosa y repulsiva […]. Su cabeza descendió y descendió a medida que los labios pasaron a lo largo de mi boca y mentón, y parecieron posarse sobre mi garganta». Pero… ¿no habíamos quedado en que *Drácula* era una novela de terror?

Al terror, nos diría Stoker, se puede llegar de varias formas. Su viejo amigo Oscar Wilde repetiría aquello de: *Ten cuidado con lo que deseas, porque se puede cumplir.*

Y no solo el joven Harker. Van Helsing, un hombre ya maduro y curtido en –por lo que se intuye– mil y una batallas, cae bajo su embrujo incluso estando ellas dormidas. Debe acabar con ellas, pero, ¿podrá?

> *Era tan agradable de contemplar, de una belleza tan radiante y tan exquisitamente voluptuosa, que el mismo instinto de hombre en mí, que exigía parte de mi sexo para amar y proteger a una de ellas, hizo que mi cabeza girara con una nueva emoción.*

Por la novela sabemos que dos son morenas y otra, rubia. Van Helsing las llama «hermanas», pero Stoker las envuelve en brumas. Pueden ser hijas de Drácula, pueden ser –pudieron ser– sus amantes. O, si hilamos fino, la rubia puede ser la madre de las otras dos: ¿la esposa y las hijas de Drácula? Nunca lo sabremos. Ellas dicen que él no las ama, pero el conde se defiende: se encarga de buscarles alimento, un poco de sangre humana que, de cuando en cuando, rejuvenece a cualquier vampiro. Lo dicen en la Biblia y en *Drácula* (dos de los libros más leídos de la historia, con protagonistas antagonistas): la sangre es vida.

> *Dos eran de pelo oscuro y tenían altas narices aguileñas, como el conde, y grandes y penetrantes ojos negros, que casi parecían ser rojos contrastando con la pálida luna amarilla. La otra era rubia; increíblemente rubia, con grandes mechones de dorado pelo ondulado y ojos como pálidos zafiros.*

En la cultura popular, la sensualidad de las tres vampiras les ha proporcionado variadas apariciones en películas, libros, obras de teatro, musicales o videojuegos. Los estudios Hammer titularon su secuela de *Drácula* como *Las novias de Drácula*, después de que Christopher Lee rechazase participar en ella.

Lucy y sus pretendientes

Además de los citados, existen otros cuatro personajes secundarios con peso en la novela. El primero de ellos es Lucy Westenra, la mejor amiga de Mina; tan bella como ella pero más sensual e irreflexiva. Una joven que ve cómo tres hombres se le declaran el mismo día y lo cuenta halagada a Mina. Elegirá al que más le conviene y desechará a los otros, como se tiran las hojas de las margaritas. Pero seamos piadosos con Lucy, aunque solo sea por su buen corazón y el triste final que le espera.

Sus tres pretendientes son Quincey Morris, el doctor John Seward y Arthur Holmwood. El primero es un rico texano,

un viajero que ya ha luchado con vampiros… en la pampa argentina, eso sí: murciélagos que chupaban la sangre de sus caballos. De sangre y de atravesar cuerpos con cuchillos sabe bastante, como podremos observar. Mina y Jonathan bautizarán a su hijo como Quincey, un homenaje a quien muere por librarlos de Drácula.

Del doctor Seward ya sabemos que es el representante de la ciencia, del análisis. Un tipo racional, quizá demasiado para la algo veleidosa Lucy. Si en el amor no triunfa –al menos con Lucy–, encuentra refugio en su labor como director de un psiquiátrico, del frenopático de Purfleet, adyacente a Carfax. Gracias a Seward sabremos de Renfield y buena parte de su diario lo conocemos mediante las transcripciones de las notas que dicta a su fonógrafo. Para que nos hagamos una idea, dictar notas de voz a finales del siglo XIX era tan exquisito, tan extravagante –tan *cool*– como en su momento lo fue usar los primeros teléfonos inteligentes. Una idea tan resultona que los estudios Hammer aplicaron para el personaje de Van Helsing/Peter Cushing, y que el director David Lynch asignó igualmente para el agente Cooper en su serie *Twin Peaks*.

El que se lleva el amor de Lucy –y los disgustos consiguientes– será Arthur Holmwood, un rico heredero. De hecho, a mitad de la trama hereda

Los personajes de la novela de Stoker, cuando han sido llevados al cine, no siempre han conservado su nombre y función original. Ya sea por derechos de autor, o por conveniencia del guion, a menudo han sufrido cambios o se han fusionado entre ellos.

y será tratado, de ahí en adelante, como Lord Godalming, ahí es nada. Quizá sentirse respaldado en lo económico lo ayude para todas las difíciles pruebas que le esperan. Siendo justos, nadie se ve en situación tan extrema en *Drácula* como el bueno de Holmwood.

Los tres son amigos, pese a pretender a la misma mujer, y mantendrán la amistad cuando ella ha decidido: unos auténticos caballeros. Este trío, más Jonathan Harker y Abraham Van Helsing, conformará el quinteto masculino que hará frente al taimado conde Drácula, guiados por la psique infiltrada de Mina.

Les deseamos la mejor de las suertes; pero un poco, también, a Drácula. Vaya una oración por su alma.

Cementerio de Whitby.

Para leer y conocer

OBRAS DE NO FICCIÓN
- *Algo en la sangre: la biografía secreta de Bram Stoker,* de David J. Skal. 1999. EsPop Ediciones (2017).
- *Hollywood gótico, la enmarañada historia de Drácula*, de David J. Skal. 1990. EsPop Ediciones (2015).
- *Drácula. El libro del 90 aniversario,* de Jesús Palacios, Adrián Sánchez y Joaquín Vallet, 2021, Notorious Ediciones.
- *Yo soy Drácula: la vida de Béla Lugosi,* de Javier Cortijo. 2014, T&b Editores.
- *Vampiros: de Drácula a Crespúsculo*, de Simonett Santamaría. 2009, Ediciones Paraninfo.
- *Los Drácula: Vlad Tepes, el Empalador y sus antepasados*, de Ralf-Peter Martin 2009, Maxi-Tusquets.
- *Drácula, un monstruo sin reflejo*, VV. AA. 2012. Reino de Cordelia.

OBRAS DE FICCIÓN
- *El vampiro*, de John William Polidori. 1819. Cuento.
- *Carmilla*, de Sheridan Le Fanu. 1872.
- *El invitado de Drácula*, de Bram Stoker. 1914. Cuento.
- *El vampiro*, de Horacio Quiroga. 1927. Cuento.
- *Soy leyenda*, de Richard Mathieson. 1954.
- *Salem's Lot*, de Stephen King. 1975.
- *El ansia*, de Whitley Strieber. 1985.
- *Drácula, el no muerto*, Dacre Stoker e Ian Holt, 2009.

- *Anno Dracula (El año de Drácula)*, de Kim Newman. 1992.
- *El sanguinario barón rojo*, de Kim Newman. 1995.
- *Entrevista con el vampiro*, de Anne Rice. 1976.
- *Lestat, el vampiro*, de Anne Rice. 1985.
- *El palacio de la noche eterna*, de José María Latorre. 2003.

ENLACES

- Viaje a Purfleet: https://ianfarrington.wordpress.com/2021/11/08/draculas-purfleet/
- Purfleet y Drácula: https://www.thurrock.gov.uk/thurrock-historical-places/purfleets-dracula-connection
- Sonre Florence Balcombe: www.womensmuseumofireland.ie/exhibits/florence-balcombe
- The Official Website for the Bram Stoker Estate: www.bramstokerestate.com
- The Bela Lugosi Blog: https://beladraculalugosi.wordpress.com/
- Centenario de Nosferatu: https://caligaripress.com/100-Years-of-Nosferatu
- Premios Bram Stoker: www.thebramstokerawards.com
- Trinity College Dublin: https://www.tcd.ie/trinitywriters/writers/bram-stoker/
- Notas manuscritas de Bram Stoker: https://archive.org/details/bramstokersnotes0000stok/
- Sobre Béla Lugosi: https://belalugosi.com/

Índice